ルイジアナの青い空

キンバリー・ウィリス・ホルト　河野万里子 訳

白水社

ルイジアナの青い空

愛をこめてこの物語をささげます。
わたしを信じて支えつづけてくれたジェリーに
わたしの人生に真の喜びと意味をあたえてくれたシャノンに
わたしにこの世界を見せ、家族のルーツについて教え
〈家〉と呼べる場所を生涯持たせてくれた両親、レイ&ブレンダ・ウィリスに

1

両親がなぜわたしにタイガーなんて変わった名前をつけたのか、セイターの町の人たちは首をかしげている。でもとうさんは、「愛情から」といつも言う。かあさんには小さいころ、タイガーと名づけた子ネコがいたそうだ。ところがかわいくてたまらず、強く抱《だ》きしめすぎて、死なせてしまった。だからわたしが生まれたときには、ぜったい同じことをしないよう、ほんとうにやさしくしてくれたそうだ。

セイターの人たちのなかには、とうさんとかあさんは結婚などしてはいけなかったと言う人もいる。ふたりが、ふつうの人とはちがうから。それをみんなは〈知恵《ちえ》おくれ〉と呼ぶけれど、ただ〈ゆっくり《スロー》〉していると言うほうが、わたしは好きだ。

とうさんは十二年間の学校教育を修了《しゅうりょう》しているが、町の人たちのほとんどはこうささやいている。「やせっぽちのロニー・パーカーに、先生たちが同情したんだ。毎年ぎりぎりで、次の学年に上がれることにしちまう。ほら、バスケットボールの選手なんかに、ときどきやるみたいにさ」

かあさんのほうはといえば、おばあちゃんに字を習っただけで、学校には一度も行ったことがない。

そんなふたりの子どもなら、わたしはすごく〈ばか〉でもよかったはずだ。でもちがう。実際、同級生の親たちは、なぜわたしの成績がオールAで、書きとりコンテスト（スペリング・ビー）では五年連続で優勝しているのか、そのわけが知りたいらしい。もっと不思議《ふしぎ》に思われているのは、わたしに字を教えてくれたのが、かあさんだったということ。でも、それが事実なのだ。かあさんはマンガが好きだから、わたしも四歳のころにはもうスーパーマンやドナルドダックを読んで知っていた。今ではかあさんのほうが、わたしにあれこれ読んでもらいたがる。わたしには、かあさんがわからない単語もわかるからだ。

六年生が終わった週、外はくる日もくる日も雨だった。灰色の空に雲が低くたれこめ、屋根を打つ雨つぶの音がたえまなく響《ひび》いていた。けれど、ドリー・ケイおばさんがバトンルージュから来る土曜日には、まぶしい青空がもどってきて、太陽が輝《かがや》かしく顔を出した。

門のほうへ車がやってきた音が聞こえると、かあさんは子どもみたいに家からかけだした。そうして、ドリー・ケイおばさんにぎゅっと抱きついた。おばさんのハイヒールがぐらついた。

「ストップ、ストップ、コリーナ」

おばさんはバランスを取りもどすと、黒髪《くろかみ》に手をやってヘアスタイルをなおす。

「ああ、ドリー・ケイ、とっても会いたかった」

かあさんは高いかぼそい声で言うと、まっ黒なはだしの足で一歩さがり、おばさんを頭のてっぺんからつまさきまで、ほれぼれとながめる。

「ファッション雑誌《ざっし》からぬけ出てきたみたい」

ドリー・ケイおばさんは、かあさんの妹だ。わたしにとっては、知っているかぎり、この世でいちばんおしゃれですてきな人。

きょうのおばさんは、紺《こん》のテーラードスーツに紺の靴《くつ》。近づけば、デパート〈ペニーズ〉の香水売り場よりも甘くていいにおいがする。もっともおばさんは、かあさんほど美人ではない。かあさんは長い黒髪が肩まであって、からだの線も女性らしい。でも、ドリー・ケイおばさんの平らな胸やすとんとしたヒップは、流行の服によく合って、かっこいい。お化粧《けしょう》も、セイターのどんな女の人よりきちんとしている。セイターでも、ナイトクラブ〈ウィグワム（先住民の小屋）〉に土曜の晩でかけていく女の人たちなら、同じぐらいしているかもしれない。でもあれは、ただの厚化粧。おばさんのは、とても魅力的《みりょくてき》。

そのおばさんが、両手でやさしくわたしのあごを持ちあげた。

「もう十二歳だなんて。タイガー、あなたはきっとすてきなレディになるわ」

深く静かな湖のように、なめらかな声だ。わたしはその水のなかに飛びこんで、魔法《まほう》をかけてもらいたかった。今のわたしとはちがうだれかに、変えてくれる魔法を。でもおばさんの瞳《ひとみ》にうつっているのは、いつも鏡で見るとおりの、とうさん似《に》の顔でしかない。

とうさんはひょろりと背が高く、首も長くて、赤毛の髪はうすい。細い目は笑うとなくなりそうだし、大きな鼻で顔の大部分がうまっている。でも子どもというのは、成長すると見た目もずいぶん変わるとみんな言っている。とくに夏のあいだに、と。

午後になると、わたしの一番の友だち、ジェス・ウェイド・トンプソンが、ドリー・ケイおばさんにあいさつしに立ちよってくれた。わたしは彼とリビングの床にすわり、ソーダ〈グラペット〉を飲みながら、ラジオでプレスリーを聴《き》いた。そこへ、また車がやってくる音がした。

おばさんが身を乗りだして、木綿《もめん》のカーテンを大きく開けた。ツイード地のソファがきしんだ。

「あら、タイガー、見て。アレクサンドリアのお店になにか注文した？」

わたしは窓にかけよった。ミッチェルズ電器店の配送トラックが、キーッとブレーキを鳴らして門の正面に止まった。ジェス・ウェイドとわたしは、走って玄関の網戸《あみど》のドアを開けにいった。配送員がふたり、大きな箱を運んでくる。そういえば二週間前、おばあちゃんがひよこを二十四羽注文していたのが箱に入って届いたが、きょうの箱は、うちの薪《まき》ストーブと同じぐらい大きい。

わたしは網戸のドアを手で押さえたまま、聞いた。

「すみません、あの、住所がちがってませんか？」

わが家の片目のネコ、ブランドが、玄関ポーチのブランコからひらりと飛びおり、むこうへ行ってしまった。

上くちびるがふたつに割れた背の高い配送員と、ずんぐりしたもうひとりが、笑顔で顔を見あわせる。

「さあねえ。どちらさんのお宅で?」

わたしの呼吸が、あらく速《はや》くなってくる。

「ジュエル・ラムジーの家です」

ジュエル・ラムジーは、わたしのおばあちゃんの名前だ。この箱がうちにきたのだったらと願いながらも、きっとまちがいだと、わたしにはわかっていた。

ふたりは重い箱を、注意深く下に置いた。背の高いほうの人がハンカチで額《ひたい》の汗をふき、ズボンのうしろのポケットから、折りたたまれた黄色い紙を出す。それを広げて、いちばん下の欄《らん》を指でなぞる。

「えーっと。ジュエル・ラムジーさんの家って言ったね?」

わたしは肩をすくめた。

「はい。そうです」

配送員はまゆをしかめると、首をふった。

「いや、そうは書いてないな」

ああ、やっぱり。

「きっとあなたのうちだわ、ジェス・ウェイド」

彼のおとうさん、トンプソンさんは苗木《なえぎ》農園を経営していて、わたしのとうさんはそこではたらいている。彼の家なら、こんなに大きな箱に入ってくるものでも、らくに買えるだろう。

ジェス・ウェイドは、黒い巻き毛の頭をドアにもたせかけたまま、答えた。

「うちはミッチェルズに、なにもたのんでないよ」

配送員がなおも伝票を調べているところに、ドリー・ケイおばさんがやってきた。配送員は首をふりながら、またまゆをしかめる。

「ちがうな。この紙には、ジュエル・ラムジーとロニー・パーカーの家族に、って書いてあるんで」

そうしてゆっくりくちびるのはしを上げ、にやりと笑った。

もうひとりが声をあげて笑い、手に持っていた帽子《ぼうし》でぴしゃりとひざを打った。

「こりゃ一杯食わしたな」

わたしは心臓《しんぞう》が飛びだしそうになった。顔を上げ、姿勢《しせい》を正した。

「そうです、それ、私の祖母と父です。どうぞこちらへ。アイスティーでもいかがですか?」

配送員たちは、わたしのうしろについて箱を中へ運んだ。小さな部屋に入ると、それはひどく場所をとった。

かあさんが、むきかけのジャガイモを持ったまま、台所から飛んできた。らせん状にむかれた皮が、箱めがけて走ってくるかあさんといっしょに、はずんでいる。

「なにこれ?」かあさんが聞く。「なに入ってるの、箱に?」

「待ちなさい、コリーナ」

うしろからゆっくり歩いてきたおばあちゃんが、エプロンで手をふきながら言う。ピンできっちりおだんごにまとめた黒髪から、細い房《ふさ》がいくつか垂《た》れて、丸い顔のまわりに張《は》りついている。ドリー・ケイおばさんは窓のそばに立ち、みんなを見ながらにこにこしている。

庭からもどってきたとうさんが、音をたてて玄関の階段をのぼってくる。そのまま入ってこようとし、泥《どろ》だらけの長靴《ながぐつ》に気がついて、玄関にもどってぬいでいる。やがて白い靴下だけになり、よごれたままの手で赤いあごをこすりながら、みんなの前に現れた。顔が赤いのは、日に焼けたからだろうか、それとも、見知らぬ人がふたりも部屋にいたからだろうか。とうさんは箱を調べ、おずおずと配送員たちを見つめた。それからいつものように、ゆっくり慎重《しんちょう》にことばを発した。

「この箱は、うちに、なんの用ですか?」

「うちに送られてきたのよ、とうさん。わたしたちにって」

配送員たちは、すでに玄関に引きかえしている。ずんぐりしたほうの人が、帽子をちょっと上げてあいさつしていった。

「どうも。ごきげんよう、みなさん」

網戸のドアが、きしみながら開き、そして閉まった。しんとした部屋では、みんながキツネにつままれたような顔をしている。わたしは急いで外に飛びだした。ふたり組は、まだトラックに乗っていない。

「待ってください。あの箱、だれからなんですか？」

背の高いほうが、トラックのドアを開けた。

「さっきの紙に書いてあるよ」

わたしは部屋にかけもどり、「送り状」というスタンプの押してある紙を、箱から引きはがした。

送り主の名は、ドリーン・ケイ・ラムジー。

ドリー・ケイおばさんが、これを買ってくれたのだ！　わたしはうれしくてたまらず、ふり向いた。

「ああ、ありがとう、ドリー・ケイおばさん！」

まるでクリスマスみたい！

おばさんは、わたしの長い三つ編《あ》みを、やさしく引っぱった。

「な、な、なにありがとうって言ってるのか、見てみたほうがいいんじゃない？」

かあさんの目は、さっきから箱を見つめたまま動かない。

「開けて」と、かあさん。「開けて、ロニー」

とうさんは、わたしたち全員にかこまれたなかで、ポケットからナイフを取りだし、用心深く箱を切りはじめた。やがて段ボールの両はしが床に落ち、中のものが姿を見せた。それは、電気屋さんとジェス・ウェイドの家のリビングでしか、見たことがなかったもの。深みのあるオークの木目に取りかこまれた、緑色の大きな画面。ＲＣＡ[*1]製のま新しいテレビだったのだ！

かあさんは、子ブタが鳴くみたいな歓声をあげながら、その場でぴょんぴょん飛びはねだした。とうさんは思わず一歩さがり、呆然《ぼうぜん》としながら、目にかかった前髪をなでつけている。ジェス・ウェイドが、ヒューと口笛《くちぶえ》を吹いた。

それからまるで申しあわせたみたいに、おばあちゃんとジェス・ウェイドをのぞいた全員が、ドリー・ケイおばさんに抱きついた。おばさんはよろけて、笑いながらソファにたおれこんだ。

「ありがとう！　ありがとう、ドリー・ケイおばさん！」

かあさんはテレビのところへ走っていき、子犬でもなでるようにテレビをなでた。

「ありがとう。あなたは世界一の妹」

とうさんは両手を組み、スピーチをはじめるときみたいに咳《せき》ばらいをして、言った。

「なんとご親切なことでしょう、ドリー・ケイ・ラムジー。これはとっても高かったにちがいありません」

バトンルージュで秘書の仕事をしているおばさんには、きっとお給料がたくさん入ってくるのだろう。

一方おばあちゃんは、顔をしかめ、まわれ右をすると、そのまま台所に行ってしまった。大きなおしりの上で高く結ばれたエプロンのリボンが、右に左に揺《ゆ》れている。ドリー・ケイおばさんの顔に、がっかりしたような表情が広がった。

どうしておばあちゃんだけ、みんなのようにうれしくないのだろう。テレビのある家なんて、セイターではまだそうはないのに。

「すてきだ」ジェス・ウェイドが言った。「上にランプを置くといいよ。そうするとよく見えるようになるって、かあさんが言ってた。そうだ、それで思い出したけど、ぼく、そろそろ帰らなくちゃ。そうじゃないと、かあさん、ぼくのこと大声で呼びはじめるから」

わたしはテレビのほうばかり見ていて、ジェス・ウェイドが帰ったことにもほとんど気がつかなかった。とうさんがテレビのプラグを差しこみ、ドリー・ケイおばさんは、室内アンテナをつなぐのを手伝ってくれた。そうしてそれがすむと、わたしに聞いてくれた。

「さあタイガー、テレビをつけてみたい?」

「つけてみたい」

わたしは取っ手を右にまわした。そうしてじっと待った。もしかしたら、マーロン・ブランドが画面に出てくるかもしれない。わが家のリビングのまんなかで、夢のような映画スターの顔が見られるなんて、思っただけでひざが震《ふる》えてくる。

魔法みたいに、とうとうテレビがついた。白黒の画面に、男の人の顔が現れる。映画館で映画を観《み》たときみたいだ。男の人の口がぱくぱく動く。ところがなにも聞こえない。わたしたちはそこに立ったまま、ただそのようすをながめていた。するとおばさんが、かがんでもうひとつの取っ手をまわした。とつぜん、男の人の声が鳴りひびいた。

「以上、一九五七年六月一日のニュースをお伝えしました」

おばさん以外の全員が、飛びのいた。おばあちゃんも台所から出てきた。顔をしかめ、両手を腰にあてて。

「音量《ボリューム》ね」

おばさんが、取っ手を調節して音を小さくしながら、説明した。

とうさんとかあさんは、きょとんとした顔を見あわせた。ほどなく、ふたりとも落ち着いた表情にもどって、かあさんはにっこり笑い、とうさんも笑顔になって、ひとりでうなずいた。

やがて「ヒット・パレード・ショー」がはじまった。ソファにすわったとうさんが、リズムに合わせて手をたたくなか、かあさんとわたしは手をとりあって、リビングじゅうをダンスしてまわった。勢いよく踏《ふ》みこむたびに、床板がきしんだ。

ドリー・ケイおばさんは、古くてでこぼこしたおばあちゃんの安楽いすのひじかけに腰をおろし、リビングから何キロもはなれたところにいるみたいに、遠い目をして、しきりにまばたきしていた。おばあちゃんも部屋に入ってきて、安楽いすに腰かけた。そうしてじっとテレビを見つめたが、目にはもやがかかっているかのようだった。教会で居眠《いねむ》りをはじめる直前みたいに。おばあちゃんとドリー・ケイおばさんは、それぞれの世界に入りこんでしまったようだ。

さきに口を開けたのは、おばあちゃんだった。

「こんなうるさい箱なんかより、もっとましなお金の使いみちはなかったのかね」

去年、ドリー・ケイおばさんが、マンションのそうじに黒人の家政婦を雇《やと》うようになったと聞いたときも、おばあちゃんは言ったものだ。「あの子は、金のなる木があると思ってる」

ドリー・ケイおばさんが答えた。

「あら、かあさん、今はどこの家でもテレビを買ってるのよ」

おばあちゃんは頭をふって、キッチンにもどっていった。大きなおしりがゆさゆさするようすは、袋《ふくろ》に入れられた二匹のネコがけんかしているみたいだった。

わたしはすわって、ドリー・ケイおばさんに、ぎこちなくほほえみかけた。おばさんもほほえみ返してくれたが、その目は悲しそうだった。おばあちゃんのことばで、せっかくの贈《おく》りものに傷がついてしまった気がした。そんななか、かあさんはなおもひとりで、部屋いっぱいに踊《おど》っていた。

訳注＊1　アメリカの電気機器メーカー。一九八六年、GE（ゼネラル・エレクトリック）に買収された。

2

日曜の朝、ドリー・ケイおばさんはバトンルージュへ帰っていった。わたしはねまきのまま、玄関ポーチの階段に出て、遠ざかっていくおばさんのグリーンのフォードに手をふった。

キーキーいうポーチのブランコに、おばあちゃんが腰かけてコーヒーを飲んでいた。

「早く教会に行く服に着がえておいで」

「バトンルージュのおばさんのうちに、行ってみたいなあ。都会に住むのって、わくわくするだろうね」

「ふん」おばあちゃんは、お得意のすっぱいお手製ピクルスをかじったときみたいに、顔をしかめた。「となりの人のことも知らず、混《こ》んでる道を運転して、よごれた空気を吸う生活の、どこがわくわくするんだろうね」

ドリー・ケイおばさんがバトンルージュへ引っ越したことに、おばあちゃんはとても腹をたてているようだ。ブランコから立ちあがったおばあちゃんは、歩いていって網戸《あみど》のドアを開けると、カップに残っていたコーヒーを草の上にまいた。そうして、松の木立《こだ》ちのむこうにのぼってきた朝日を見つめ、つぶやいた。

「ここは神さまの土地なんだよ、タイガー。おまえにもいつか、それがわかる。わかるのに、おばさんのところまで行かずにすんでほしいもんだね」

わたしだって、セイターが大好きだ。長い葉がたくましく茂《しげ》って、わたしたちを守る砦《とりで》のようになる大王松《ダイオウショウ》の木立ちが大好き。どしゃ降りの雨のあとの、さわやかなスイカズラのにおいも大好き。セイター川《クリーク》で泳ぐときの、肌がひんやりする感じも大好き。でも、そんな神さまの土地をたまにはなれて旅行するからといって、なにがいけないというんだろう。神さまも、ときどき天使たちをおつかいに出すじゃないか。

おばあちゃんは家へ入っていった。

「早くね。あと二十分で教会に行くよ。コリーナ？」奥に向かって、おばあちゃんは大声で呼びかける。「まだ寝《ね》てるの？」

「ひよこたちと遊んでる」とうさんが答えた。

「呼んでらっしゃい」おばあちゃんはそう言うと、自分の部屋へ行った。

二十分後、わたしは、バターミルクパイをトラックに運んだ。春と夏、わたしたちの教会では、月に一度、教会の敷地《しきち》内の原っぱにキルトや毛布を広げて、ピクニックをするのだ。ごちそうはみんなで持ちよる。名字の頭《かしら》文字ごとに、AからGまでの人は肉料理、HからQの人はつけあわせ、そしてRからZの人はデザートというふうに決めておく。

とうさんは、かあさんのかわりにおばあちゃんがゆでたサヤエンドウの鉢《はち》を持って、トラックに来た。髪《かみ》の毛がべったりと濃《こ》く見える。日曜日には、いつも整髪料《せいはつりょう》で角刈《かくが》りの髪を立たせるのだ。整髪料〈オールドスパイス〉のにおいがぷんぷんする。

「あーあ」とうさんは、首を右にかしげて言った。

「どうしたの?」と、わたし。

「雨」

「でもとうさん、お日さまはこんなにまぶしいし、ラジオの天気予報でも、きょうはピクニックにもってこいの日って言ってたよ。野球にもね」小声でわたしはつけたした。

「ちがう。雨が降る。カエルが鳴いてるだろ?」

たしかにあたりには、カエルの大きな鳴き声が響《ひび》いている。ラジオから流れてくるゴスペルソングに気をとられて、言われるまでわからなかった。

わたしが五歳ぐらいだったころ、とうさんはわたしに、カエルが大声で鳴いたら雨が降ると教えてくれた。そうしてわたしたちは、かかしみたいに両腕《りょううで》をまっすぐのばし、頭をうしろにそらしてじっと立った。するとまもなく、顔にも舌《した》にも雨つぶが落ちてきたのだ。天気に関しては、とうさんはまずまちがえることがない。でもきょうは、まちがいであってほしいと思ってしまう。

「うん」おばあちゃんとかあさんがやってきたとき、とうさんはもう一度言った。「カエルが雨を呼んでる」

おばあちゃんは、あたふたと家にもどっていった。

「かさを取ってくるよ。ロニーの天気予報は、わたしの骨よりよく当たるからね」

おばあちゃんもまた、何年か前に骨折した右腕で、寒冷前線《かんれいぜんせん》がやってくるのがわかると言っている。

とうさんは、風や雨の予知《よち》のしかたを、とうさんのとうさんから習った。おばあちゃんの話では、パーカーおじいちゃんという人は、あちこちの川原《かわら》で何か月もキャンプをするような大自然の男で、その間、妻と子どもたちは、自分たちだけでなんとか生きぬいていかなくてはならなかった。だからとうさんのかあさんは、あんなに子どもたちにつらくあたったんだとおばあちゃんは言っている。夫が森や川で動物や魚をとって暮らしているあいだ、ひとりきりでなにもかもしなくてはならなかったから。けれど時おり、獲物《えもの》のシカ一頭とか大量のナマズとかをたずさえて、夫がふらりと帰ってくる。それからまた森にもどるのだが、そのときによくとうさんをつれていったそうだ。

「しっかり目を開き、耳をすましていれば、大地がおまえに語りかけてくれる」パーカーおじいちゃんは、とうさんにそう話した。そして、嵐の前にはクモがいつもより短く厚い巣を張ることを、雨の直前にはカエルが大合唱することを、独立記念日の七月四日より暑いときにはバッタがうるさいほど鳴くことを、教えた。

パーカーおじいちゃんは、大地のリズムに合わせて呼吸することを知っていた。だから雷《かみなり》に打たれて死んだと知らされたとき、はじめはだれも信じることができなかった。タナー川《クリーク》で魚をとっていてのことだった。川にあお向けに浮いているところを、郡保安官《シェリフ》に発見されたのだ。網にはパーチ[*1]が一匹入っていたという。「じいちゃんにしてみれば、すごくいい死にかただったと思う」とうさんは、そう言った。

教会でいちばん楽しいのは、日曜学校[*2]だ。というのも、ジェス・ウェイドのおかあさんであるトンプソンさんが、日曜学校の先生だから。わたしはトンプソンさんのお話を聞くのが、とても好き。彼女の一家は南ルイジアナ出身で、「オー、イェイ、シェール」なんていうふうに、フランス系の人が話すケイジャン語が混じる。意味は「もちろんよ、あなた！」といったところ。ほっそりしていて小麦色の肌で、目が茶色くて、髪はドリー・ケイおばさんみたいなかっこいいショート。でも教会では、いつも帽子《ぼうし》をかぶって手ぶくろをはめ、イエスさまのついた十字架《じゅうじか》のネックレスをしている。以前はカトリックだったからだそうだ。牧師のブラザー・デイヴが教えてくれたのだけど、わたしたちバプテスト派がイエスさまの復活をお祝いするのに対して、カトリックでは亡くなられたときのことをほめたたえるのだとか。

日曜学校が終わると、次はブラザー・デイヴの長い礼拝《れいはい》がはじまる。わたしはかあさんとうさんのあいだにすわって、待った。ブラザー・デイヴは通路を歩いてきて、全員にあいさつした。そしてお説教に入る前に、幅《はば》の広い胸を説教壇《せっきょうだん》にもたせかけるように身を乗りだして、なにかお知らせはありませんかとみんなにたずねた。

ジェス・ウェイドのおとうさんが、帽子を手に立ちあがった。天じょうの明かりで、はげた頭が光っている。

「ブラザー・デイヴ」おとうさんは口を開いた。「積み立てについての報告があります。新しいピアノを買うための積み立てが、七十五ドルになりました」

「アーメン」男の人たちが数人、言った。

「アーメン！」あまりにも大きな声で、かあさんがつづいた。わたしは、首のうしろの毛が一瞬《いっしゅん》さかだった気がした。聖歌隊《せいかたい》の最前列にいたおばあちゃんが、かあさんをにらんだ。うしろのほうではだれかがくすくす笑っている。たぶんアビー・リン・アンダーズだ。彼女はセイターでいちばんかわいい女の子。一年生のときからずっといっしょで、九月にはおたがい七年生（中学一年）になる。話したり笑ったりするたびに、アビー・リンの金髪《きんぱつ》の巻き毛ははずむ。今もきっとはずんでいるにちがいない。

「七十五ドルですか。それはすばらしいニュースですね」ブラザー・デイヴが言った。「そう思いませんか、シスター・マーガレット？」

シスター・マーガレットは、古いピアノの前にすわっている。ベンチ型のピアノのいすから、おしりがはみ出している。

「ええ、ほんとうに、ブラザー・デイヴ」

そうしてジェス・ウェイドのおとうさんにほほえんだ。

おとうさんは、手のなかで帽子をまわした。

「これから献金《けんきん》を集めますが、新しいピアノ用の積み立て金には、封筒《ふうとう》に『ピアノ基金』と書いてください」

シスター・マーガレットが『ジャスト・ア・クローサー・ウォーク・ウィズ・ジー』*3を弾《ひ》きはじめ、おとうさんとヒルさんが献金用の受け皿をまわしはじめる。ピアノの鍵盤《けんばん》がはまりこんだり、音が出ずにカタカタいったりするたびに、シスター・マーガレットがこまったようすになる。今のぼろピアノのひどさを知らせて、新しいのが買えるようにもっとお金を出さなくてはと、みんなに思わせるためにこの曲を選んだにちがいない。

とうさんはズボンのポケットに手を入れると、封筒を取りだした。わたしはそれを受けとると、上に活字体《かつじたい》でしっかり「ピアノ基金」と書いた。それからとうさんは、もう一度ポケットに手をつっこんで小銭《こぜに》を出し、いつもの献金もした。

ブラザー・デイヴのお説教がはじまると、わたしはひとことひとことに耳をかたむけた。ところがまよえるヒツジの話が出たところで、頭のなかに羊毛《ウール》が浮かび、それからチクチクするわたしのウールのスカートが浮かんだ。とたんに、ほんとうにひざがチクチクしはじめた。蚊《か》の大群に刺《さ》されたみたいだ。思わずわたしはそのあたりをかきはじめたが、つめをたてすぎてしまって、血が出てくるかと思った。もう。ブラザー・デイヴが「ヒツジ」なんて言うから。

ふたたびお説教に耳をかたむけたときには、わたしもそのヒツジたちと同じぐらい話の迷《ま》い子《ご》になっていた。おかげで、あとは野球の試合のことを考えるしかなかった。ピクニックが終わったら、ジェス・ウェイドはじめ男の子たちと試合をするのだ。

それでも目だけはまっすぐ聖歌隊を見つめていると、おばあちゃんのまぶたが下がってきたのがわかった。だが次の瞬間《しゅんかん》、おばあちゃんは寝てしまうまいとするかのように、目を大きく見ひらいた。

空想の世界では、わたしはホームランをかっ飛ばしていた。ちょうどそのとき、牧師さんがなにかたいせつなことを言ったようで、数人がまた「アーメン」と言った。

「アーーメン」かあさんが、紙のせんすをあおぎながら言った。うしろのほうで、また女の子たちがくすくす笑った。かあさんは、牧師さんの言っていることもあまりわかっていないにちがいない。でも聖書はよく知っているのだ。旧約のエゼキエル書でも、新約のマタイによる福音書でも、ぱっと開けることができる。

わるいことはかさなるもので、このときおばあちゃんのまぶたが、ついに閉じてしまった。重そうな胸が、深い眠りとともにゆっくり上下し、口のはしも開いて、あごはがっくり落ちている。そうしてブラザー・デイヴが「神に栄《さか》えあれ」と言ったすぐあとに、心配したとおり、大きないびきがもれてきた。

かあさんが、ひじでわたしのわき腹をつついた。

「聞いた？」と、かあさん。「十一時の列車よりすごい音」

「しーっ！」わたしはあわてて言ったが、おそかった。みんな、どっと笑った。かあさんも笑いだした。自分が笑われているとも知らずに。

「そうですね、シスター・ジュエル」ブラザー・デイヴが微笑《びしょう》しながら言った。「神に栄えあれ！」

おばあちゃんのまぶたが、ブラインドがあがるみたいにさっと開いた。そうしてもう閉じることはなかった。

やがてお説教も終わり、わたしたちは賛美歌《さんびか》『勲《いさお》なきわれを』を歌った。きょうはだれも洗礼《バプテスマ》のお願いを申し出たり、信仰告白《しんこう》をしたいと思ったりしませんようにと、わたしは願った。キッチンのほうから流れてくるいいにおいで、おなかはグーグー鳴っている。

女性陣《じん》が何人か先に教会をぬけ出して、料理の準備をしたり、コーヒーをいれたりしているのだ。残った人たちはみな、わたしと同じように胃ぶくろのお願いのほうを感じているようで、通路に進みでる人はひとりもいなかった。ブラザー・デイヴは説教壇の前に立ち、聖書を胸に押しあてながら、かかとに体重を乗せてからだを揺《ゆ》らしている。そうして最後の節が終わりかけると、「最終節を、もう一度くり返して歌いましょう」と告げた。

とうとうお祈りの結びのことばも終わり、みんないっせいに外に出て、キルトや毛布を広げだす。朝つゆは消えているが、大気はしめっている。皮膚《ひふ》がハエ取り紙になったみたいな感じだ。セイター一帯の蚊をすべて吸いつけるハエ取り紙。

テーブルのはしには、メインディッシュがならべられた。リスの肉入りガンボ[*4]、ロースト肉、ナマズ[*5]（キャットフィッシュ）のフライ。まんなかにまとめて置かれたのは、焼きいも《ベークトスイートポテト》とサヤインゲンとササゲの鉢。そしてもう一方のはしに、デザート。バターミルクパイ、ブラックベリーパイ、レモンケーキ、イチジクのケーキ。

わたしは食べすぎて、わき腹が今にもさけそうな気がした。おばあちゃんが作ったバターミルクパイの最後のひと口を食べたところで、ジェス・ウェイドが来て、「野球しない？」と言った。

「よそゆきの靴をぬいでからにしなさい」おばあちゃんが言った。

「そう」かあさんも言った。「靴をぬいで」

かあさんはすでにはだしで、両脚《りょうあし》を投げだしてキルトの上にすわっている。

そこへ急に、まだ六つのジャック・サヴォイが走ってきて、かあさんの髪を引っぱった。かあさんは勢いよく立ちあがると、あとを追いかけた。

「つかまえちゃうぞ！」かあさんが叫《さけ》ぶ。さらにふたり小さい男の子が来て、うしろからかあさんを追いかける。

灰色の空の下で、わたしはジェス・ウェイドたちと野球をした。でも、すわって見物しているアビー・リンやほかの女の子たち――ドリーとアネットとジャッキー――のほうを、見ないではいられなかった。敷《し》きものの上にはふんわりしたスカートがまるく広がって、ちょうどかさを開いたようだ。アビー・リンのチャコールグレーのスカートは、フェルト製で、前にはレコードみたいな形の黒いアップリケがついている。

あの子たちは、どうして野球をしないんだろう。上級生の女子には、学校にソフトボールチームがあるので、わたしも来年入ってみようと楽しみにしている。もしかしたらアビー・リンは、日曜日のよそゆきの服と整《ととの》えてきた髪を、だめにしたくないのかもしれない。

でもわたしも、あの子たちのなかにすわって、その秘密の世界に入ってみたい。なぜあの子たちは、なにもおかしくないようなときに、いつも笑うんだろう。どうやったら、アビー・リンみたいにまつげをぱちぱちさせられるんだろう。わたしがやると、かならず「目になにか入ったの?」と聞かれてしまうのだ。

相手チームのピッチャー、ボビー・ディーンは、うしろにぴったりなでつけた髪にくしを入れ、つばを吐《は》くと、第一球をわたしに投げた。わたしは正面から打ち、一塁《いちるい》に向かって走りだした。そうして二塁、三塁、そのままホームをかけぬけた。

「いいぞぉ!」ジェス・ウェイドが歓声をあげた。

ホームベースのうしろで、わたしは女の子たちのほうをちらっと見た。ところが、だれもぜんぜん感心していない。ただ無表情に、わたしを見ているだけ。

思わずわたしは、考えてもみなかったような行動に出た。試合の真っ最中だというのに、その場で選手をおりたのだ。アビー・リンや女の子たちと仲よくなりたいなら、まず男の子たちとくだらない試合なんかするのは、やめなくてはならない。

「どこ行くの、タイガー・アン?」ホームベースからあゆみ去るわたしに、ジェス・ウェイドが言った。手からミットがすべり落ちていた。「どうかしたの?」

「ううん、もう野球したくなくなっただけ」

「ええ?」

「行かせちまえよ!」ボビー・ディーンがどなった。これで勝てる見こみができたと、ほっとしているわけだろう。

「もどれよ、タイガー」わたしのチームの男の子たちからも、声があがる。

彼らにはわるかったが、わたしは歩きつづけた。女の子たちは、今度はわたしをどう思っているだろう。「こっちへ来ていっしょにすわらない?」とわたしをさそえるように、彼女たちのそばは思いきりゆっくり歩いた。アビー・リンには、にこっと笑顔を向けた。でも彼女は、わたしのよごれたはだしの足を見ると、顔をしかめた。わたしの気持ちは、地の底まで落ちこんだ。

わたしは、うちのキルトのところまでもどった。ミズ・ユーラが来て、おばあちゃんに話しかけている。ミズ・ユーラは、鼻とあごと、どちらがとがっているかわからないほどだ。きょうの黄色いドレスと、ガリガリの足首の先の黒い靴《くつ》からは、よくけずった安物のえんぴつを連想してしまう。あの足首では、もっと体重のある人だったら、歩くだけで骨折するだろう。

「ねえ、ジュエル」ミズ・ユーラが言う。「私はおせっかいじゃありませんけどね、みんなが私にいろんなことを話しにくるんだもの。私はなんと言えばいいものかしら。おだまり、とでも? まさかね。というわけで、ミズ・スミスが来て、自分のへまを話していって――」

聞いているおばあちゃんのまゆは両方とも上がり、口のはしは一方だけ下がっている。

「あら、タイガー」と、ミズ・ユーラ。そうしてまたおばあちゃんのほうを向く。「それでさっき申し上げたみたいにね、ジュエル――」

「おやまあ！」おばあちゃんが叫んで、立ちあがった。「あの子ったら、今度はいったいどうしたの？」

とうさんが、かあさんを抱きかかえてこちらに走ってくる。かあさんは顔じゅうくしゃくしゃだ。

「あの子たち追いかけて、森まで行った」かあさんはべそをかいている。「そしたら、とげが刺さった。お願い、取るのに針《はり》は使わないで。ものすごく痛いから。お願い！」

アビー・リンたちが、教会の敷地のむこう側で、男の子たちの野球を見ていてくれてよかった。

「帰ったほうがいいね」おばあちゃんが言った。「ごきげんよう、ユーラ」そうしてキルトを引っぱり、草地から引きはがした。

「でも、ミズ・スミスから聞いたお話を、まだぜんぶしてないわ」

空ではゴロゴロと雷が鳴りだしている。

「またいつか、聞かせてもらわなくちゃね」キルトをたたみながら、おばあちゃんが言った。「でも今は、帰ってコリーナの足の手当てをしてやらないと」

みんな、おおいをかけたお皿や毛布や小さい子たちを、あわててかき集めている。でもミズ・ユーラは、雷にもおかまいなしで、トラックまでおばあちゃんについてきた。

「でもこのお話、もういいところまできてるのに」

「さようなら、ユーラ」と、おばあちゃん。

かあさん、おばあちゃん、そしてとうさんがトラックに乗ったところで、大つぶの雨が空から落ちてきた。わたしはかさを持って、うしろに飛び乗った。そうしてトラックに揺られながら、野球場のほうを見た。アビー・リンと女の子たちは、毛布をかかえて大急ぎで教会のほうに走っていったが、男の子たちは野球を続行《ぞっこう》していた。「ストライク！」とジェス・ウェイドが叫ぶのが、聞こえてきた。

わたしは、自分がまっぷたつに割れてしまったような気がした。一方のわたしは、アビー・リンといっしょに教会のなかに入って、あの金髪の巻き毛をかわかすのを手伝えたならと夢みている。けれどもう一方のわたしは、あのまま試合をつづけて、ボビー・ディーンを三振《さんしん》に打ちとりたかったと、心の底から思っているのだ。

訳注＊1　スズキの一種の淡水魚。
＊2　大衆的なプロテスタントであるバプテスト派では、子どもだけでなく、全年齢の人を対象にした日曜学校がある。

＊3　民間伝承のフォークソング。歌詞は「弱いわたしがあやまちをおかさないよう、イエスさま、毎日あなたのおそばを歩かせてください。わたしの重荷をわかち合って、やさしくお導きください」といった内容。

＊4　代表的なアメリカ南部料理のひとつ。トマトをベースに、オクラなどの野菜や豆を煮込んだもの。

＊5　これも、代表的なアメリカ南部料理。ナマズはあっさりした白身。

3

月曜日は、洗濯《せんたく》をする日だ。おばあちゃんがガンボ用の深なべにアズキを入れているあいだに、わたしは井戸《いど》から水をくんだ。そうして家の裏手《うらて》のポーチで、バケツに入れた水を洗濯機にあけ、粉石けんをカップ一杯入れると、スイッチを押した。ガーゴトン、ガーゴトン、ガーゴトン。洗濯機の音と粉石けんのにおいだけで、わたしの指はもうヒリヒリしてくる。このあと、しぼり機にかけなくてはならない洗濯物が山とあるからだ。

かあさんは、胸にまくらを抱きしめながら、テレビのまん前にすわっている。足には布の切れはしが巻かれている。おばあちゃんが針《はり》でとげを取ったところだ。

「コリーナ」タマネギをきざみながら、おばあちゃんが呼んだ。「自分のとロニーのと、洗うものを持ってらっしゃい」

「えー！　わたし洗濯きらい。もうちょっとテレビ見てちゃだめ？　それに足が痛い」

「あんなの洗濯のうちに入らないね。わたしが洗濯板で洗わなきゃならなかったころのこと、思い出してごらん」

思い出すこともできなくてよかった、わたしは。おばあちゃんは、衣類から水をしぼるしぼり機のついたこの洗濯機がご自慢《じまん》だ。中古品をミッチェルズ電器店で買ったのだ。

午前中、かあさんはずっと痛む足をひきずっていた。それから、バケツいっぱいのぬれたシーツの山を、太陽に向かって物干しロープに干すのを手伝ってくれた。わたしが重いシーツの角をロープにかけると、かあさんが洗濯ばさみをわたしてくれる。

洗濯ばさみを握《にぎ》って開けては、かあさんはおかしそうに笑った。

「ほら、ひものついたお人形の兵隊さんに似てない？　引っぱると手足をパタパタさせるあれ」

ぜんぶを干しおわると、わたしは、家の正面に立つオークの大木《たいぼく》のところへ走っていった。この木には、タイヤのブランコがかけてある。わたしは細い両脚《りょうあし》をタイヤにすべりこませ、はだしでこぎながら、何本もの枝からたれ下がるようにはえているコケを、見あげた。かあさんは、おそらく家に入ってまたテレビを見ているのだろう。

ところが、すぐに歌声が聞こえてきた。

「スキップ、スキップ、スキップ、ルーのところへ。スキップ、スキップ、スキップ、ルーのところへ。スキップ、スキップ、スキップ、ルーのところへ。スキップ・トゥ・マイ・ルー、マイ・ダーリン」[*1]

かあさんが、白いシーツの影《かげ》から影へ、スキップしている。踊《おど》るような動きのたびに、シーツが揺れて、かあさんは木《こ》の間《ま》をわたるそよ風のようだ。今は、痛む足のことなどすっかり忘れているにちがいない。それにしても不思議だ。同じおばあちゃんの娘のうち、ひとりはあんなに頭がよくて洗練《せんれん》されているのに、なぜもうひとりは、ひたすら単純《シンプル》でごきげんなのだろう。

かあさんが歌い、踊るなか、わたしは小さかったころ、かあさんと妖精《ようせい》ごっこをしたことを思い出していた。頭にのせたかぎ針編みの花びん敷《し》きが、妖精の帽子。スイカズラの蜜《みつ》が、魔法《まほう》のお茶。そうして、あたりに落ちている松葉は金《ゴールド》。それなのに今は、わたしだけが、かあさんを追いこして大きくなってしまったみたいだ。

かあさんがよそのおかあさんたちとはちがっていると、はじめて気づいたのは、六歳のときだった。教会のあとで、かあさんはわたしの日曜学校の仲間たちとかくれんぼをしてくれた。みんな日曜日のよそゆきの服のまま、はだしで草地をかけまわり、いっぱい笑ってとても楽しかった。〈わたしには、いつもいっしょに遊んでくれるかあさんがいて、うれしいな〉と思ったのを、おぼえている。ところがその数分後、オニだったかあさんが、わたしたちを見つけられないと言って泣きだしたのだ。

「どうしてかあさんは泣いちゃったの?」あとでわたしは、おばあちゃんに聞いた。するとおばあちゃんの顔から、血の気が引いた。そうして、ただ「むこうで遊んでらっしゃい」と言われた。

そのときから、かあさんについておばあちゃんに聞いたことは、一度もない。でも年がたつにつれ、わたしにもわかってきた。かあさんは子どもみたいなんだということが——すべてうまくいっていれば、それでごきげん。でもなにか、楽しかったことがさえぎられると、もうどうしていいのかわからない。

その日の午後、ジェス・ウェイド・トンプソンが、バットとミットを持って、舗装《ほそう》されていない土の道をうちのほうへ歩いてきた。ジェス・ウェイドは、外でニワトリにえさをやったり、芝生《しばふ》を刈《か》ったり、おとうさんの苗木畑《なえぎばたけ》ではたらいたりする必要がない。ただ遊びにでかけていればいい子なのだ。

「ちょっと打たない?」

ジェス・ウェイドはそう言って、大きくにっこり笑った。両頰《ほほ》に、えくぼの小さな谷ができた。

「やめとく」

わたしは右手がうずうずするのを、無視《むし》しようとしながら言った――バットを手にする前には、いつもそうなるのだ。

「タイガー・アン、きみが野球をしたくないなんて、これまで一度もなかったことだよ。いったいどうしちゃったの?」

「もうやめることにしたの」わたしは言った。「めずらしくもないくだらない遊びだもん」胃がきゅうっとなった。

「なに言ってるの?」その声は、油を差さなくてはならない自転車のタイヤみたいに、きしんでいた。「きみはセイターで、だれより遠くに球《たま》を打てるんだぜ。それともそこが問題? あのすごいスイングを忘れちゃったの？」

「そんなわけないじゃない」

ジェス・ウェイドが、ひどく不器用《ぶきよう》にバットをふったので、わたしは彼の手からバットを取りあげてお手本を見せたくなった。

「そうなんだ。だろ？　タイガー・アン・パーカーは、あのすばらしい才能をなくしちゃったんだ」

彼がわたしをけしかけているのはわかったが、かっとなった気持ちをおさえることはできなかった。

「ばかなこと言わないで」わたしは言った。「あんたなんかには左手で勝てるって、わかってるでしょ」

「もう、どうだかね。よし、じゃあ、もしまだ球が打てるんなら、ここで証明してみろよ」

わたしは彼からバットをもぎ取った。これで最後だ。これでわたしは、わたしの世界から野球をしめ出す。そしてジェス・ウェイドに、このくだらない遊びをやめるのは、わたしの選択《せんたく》であることをしめす。

「どこをねらってほしい？」

彼はふたたびえくぼを見せ、牧場のニワトリ飼育場《しいくじょう》を指した。

「あそこだ」

わたしはバットをかまえ、地面につばを吐《は》いた。

「左手で」彼が命令する。

「おっしゃるとおりに」わたしは答えた。

そうしてバットを持ちかえると、鶏《とり》小屋の右をねらった。ジェス・ウェイドが、わたしの正面に立つ。球につばを吐きかけ、それから二度三度と宙にほうる。

「ジェス・ウェイド、早く！」

ジェス・ウェイドは、まっすぐわたしの目をとらえると、ちょっとまゆをしかめた。そうして上体をうしろにそらせ、腕を引き、投げた。

わたしは球から目をはなさず、頭のなかでその回転をスローダウンさせながら、待っていた。ここぞと思うところに来るまで。それは、わたしが「野球の天国」と呼んでいるところ。そこで正しくバットをふれば、あとは栄光が待っている。

バシッ！

球が雲まで届《とど》こうとするかのように、高く高く飛んでいく。輝《かが》け栄光！　野球の天国！　球は牧場の門をこえ、ニワトリたちの飼育場に落下した。

わたしは腕ぐみをし、まゆを上げて、ジェス・ウェイドを見つめた。

ジェス・ウェイドは、球が落ちた地点をながめたまま、かろやかに口笛《くちぶえ》を吹いた。それからふり向いて、聞いた。

「これでも、野球したくない？」

わたしは、のどの奥につんとこみ上げてくるものをこらえながら、言った。

「したくない」

そしてまわれ右をすると、ジェス・ウェイドのボールを拾《ひろ》いに、ニワトリたちのほうに向かって走った。

「したくない？」ジェス・ウェイドが叫んでいる。「どういうことだよ、『したくない』って？」

「ジェス・ウェイド、女の子にはね、成長しなくちゃならないときってものがあるの」

肩ごしにふり返ると、ジェス・ウェイドは顔をぎゅっとしかめている。わたしは門を開け、ボールを拾った。

「あった。投げるよ」

彼はミットで球を捕《と》った。そうしてそこに立ったまま、わたしが「ぜんぶ冗談《じょうだん》よ」とでも言いだすのを待っているかのように、じっとこちらを見ていた。

「帰っておばあちゃんの洗濯を手伝わなくちゃ」

下着と白物《しろもの》以外の衣類が、待っている。でもその場をはなれなくてはならなかったほんとうの理由は、バットが目に入るのが、たまらなかったからだ——バットが、わたしを呼んでいたからだ。

夕食がすむとすぐに、かあさんとわたしは床にすわってニュースを見た。そのとき、うちの雄鶏《おんどり》ルーディと雌鶏《めんどり》たちが、キツネが現れたときのような鳴きかたをしているのが聞こえてきた。

おばあちゃんが大声を出した。

「いったいなんの騒《さわ》ぎ?」

とうさんがライフル銃《じゅう》をつかみ、わたしたちは全員外に出た。

ルーディと雌鶏たちは、羽をはげしくばたつかせながら、あたりをかけまわっていた。

コケッコケッ、コケッコケッ!

かあさんは腕を上下にばたつかせ、ニワトリたちのまねをしながらあとを追いかける。

「コケッ、コケッ、コケッ!」

ニワトリ飼育場の門が、大きく開いていた。わたしは息をのんだ。ジェス・ウェイドのボールを拾いにきたときに、閉めるのを忘れたのだ。とうさんが鶏小屋のなかにかけこみ、おばあちゃんとかあさんも入っていった。わたしは夕やみのなかで、立ちつくしていた。心臓の鼓動《こどう》が、ひどく大きく聞こえてきた。

「ひよこ、みんなどこ?」

とうさんとおばあちゃんにつづいて、鶏小屋から出てきたかあさんが、泣き声を出した。

「フクロネズミ[*2]にやられちまったんだ」とうさんがうめいた。

かあさんが、さめざめと泣きだした。かあさんは今、思っているのだ。「ピー、ピー!」と鳴きながらフクロネズミにつれ去られた、無力な黄色い生きものたちのことを。かあさんが思っていることが、わたしにはわかる。わたしも同じことを思っているから。

おばあちゃんが、わたしを見た。

「おまえ、なにか知ってる？」

とうさんがうつむき、地面を見つめた。わたしのつらさを感じているみたいに。

わたしは、胃がひっくり返ったようになっていた。

「はい。今日の昼間《ひるま》、わたしが門を開けっぱなしにしたんだと思います」

「そういうことなら」おばあちゃんが言った。「ひよこ二ダース分、弁償《べんしょう》してもらわなくちゃならないね」

あたりはすっかり暗くなり、わたしはみんなと、ルーディたちをつかまえようと走りまわりながら、〈これでもうひとつ、二度と野球をしない理由ができた〉と、考えずにはいられなかった。

訳注＊1　アメリカ民謡の遊び歌「スキップ・トゥ・マイ・ルー」のくり返し部分。
＊2　正確にはキタオポッサム（フクロネズミ目《もく》オポッサム科）。アメリカ大陸で進化した有袋類。ネコぐらいの大きさで雑食。

4

次の日の朝、おばあちゃんはまだまっ暗なうちから、わたしを起こしにきた。

「タイガー、朝よ」

まったく、あのニワトリ飼育場の門を開けっぱなしにしたなんて、自分で自分をなぐりたい。おかげでひよこを弁償するはめになり、わたしはかあさんとおばあちゃんといっしょにトンプソンさんの農園に行って、ムラサキインゲンをつむことになったのだ。

おばあちゃんが、わたしの肩をゆさぶった。

「ほら、タイガー、起きなさい！」

わたしは足をぐるりとベッドの横にまわし、目をこすった。おどろいたことに、おばあちゃんがコーヒーをわたしてくれた。

「はい——これで目がさめるでしょ」

わたしはベッドのはしに腰かけたまま、カップを受けとった。チコリの香りがぷんとして、[*1]湯気が顔にあたる。

　小さかったころ、わたしはときどきかあさんとおままごとをしたものだ。するとおばあちゃんが、コーヒーをいれてくれた。でもカップの中身は、コーヒーより牛乳のほうが多かったし、お砂糖《さとう》も入っていた。あの甘い飲みものをちょっとずつ飲むのが、わたしは大好きだった。

　ところが今朝《けさ》のコーヒーは、ひと口飲んだとたんに目がぱっちり、からだはしゃっきり。砂糖もクリームも入っていない、百パーセントのブラックコーヒーだったのだ。にがいのは、きらい。おばあちゃんは、これなしには一日がはじめられないと言っているけれど。かあさんも、おばあちゃんのところにお客さんがたずねてくると、カップにちょこちょこ口をつけては濃《こ》いコーヒーを飲むのが好きだ。それがわたしには、お客さんごっこをしている小さな女の子のように見える――ソファにすわって、カップとソーサーをひざにのせ、ほかのおばさんたちが話していることがぜんぶわかっているみたいに、しきりにうなずきつづけているのだから。

　わたしはカップを持って、こっそり台所に行き、コーヒーを流しに捨《す》てた。

　おばあちゃんが、だぶだぶの前びらきシャツにオーバーオールを着て、入ってきた。

「急ぎなさい」

　そう言うと、今度はかあさんととうさんの寝室のドアの前に立った。

「コリーナ、これで最後よ、早くベッドから出なさい」

「まだねむい！」かあさんがぐずる。

中では、とうさんのやさしい声がしている。なにを言っているのかわからなかったが、効果《こうか》はてきめん、あっという間にかあさんが出てきた。黒髪はまだくしゃくしゃだが、それでもかあさんはきれいだ。

おばあちゃんが、かあさんにもコーヒーのカップをわたした。かあさんは、台所のテーブルの上にあった砂糖つぼを引きよせると、砂糖を四杯入れ、音をたててすすった。

おばあちゃんは寝室に行くと、おじいちゃんの長そでシャツを持ってきた。そうしてそれをわたしに差しだした。

「はい、タイガー。これを着なさい。さもないと、その色白お肌がカリカリに焼けてしまうよ」

わたしがルーディたちニワトリにえさをやってもどってくると、おばあちゃんは、今度は裏《うら》のポーチから、昔ながらの日よけ帽[*2]を三つ取ってきた。そうしてそのまま玄関に行った。あんなのをかぶれと言われたら、わたし、きっと死ぬだろう。

「おてんとうさまがのぼってきたら」と、おばあちゃん。「みんなこの帽子をかぶらないとね」

死ぬのか、わたしは。だったら今ここで、うめてもらったほうがまし。

おばあちゃんはわたしの思ったことがわかったのか、こう言いたした。

「かぶらなかったら、ヒョウみたいにそばかすだらけになるよ」

朝の月が、あわい色の空に消えていくなか、わたしたちはとうさんのトラックで、トンプソンさんの農園に向かった。

ジェス・ウェイドの家は、うちから一キロ半あるかないかだが、別世界のようなところだ。ブリキ屋根の小さなわが家は、わたしのひいおじいちゃんが五十年前に建てたもの。そうして、とうさんがずっと手を入れてきた。でもどんなにとうさんががんばっても、いつもどこかになおさなくてはならない箇所《かしょ》がある。ペンキぬりをしなくてはならない羽目板《はめいた》とか、くぎを打ちなおさなくてはならない床板とか、ふさがなくてはならない壁《かべ》のひびとか。

それに比《くら》べて、レンガでできたトンプソンさんの大邸宅《だいていたく》は、グラビア雑誌に出てくる家みたいだ。セイターで同じような家といえば、あとはわが家の通りの先にあるアビー・リン・アンダーズの邸宅しかない。セイターでもうひとつある苗木畑のオーナーが、アンダーズさんなのだ。町の人たちはたいてい、どちらかの苗木畑か、大王松《ダイオウショウ》製材所ではたらいている。おばあちゃんも、おじいちゃんが亡くなったあとは、生計をたてるために、トンプソン農園で植物を刈りいれる仕事をしていた。

とちゅう、いつものように、アンダーズさんのところの牧場から出てきた雌牛《めうし》たちに、道をふさがれてしまった。とうさんがクラクションを鳴らしたが、びくともせず、わたしたちのまん前に陣《じん》どって口をもぐもぐさせている。

おばあちゃんがトラックからおりて、牛たちに両腕《りょううで》をふった。

「どきな！」おばあちゃんはどなる。「ここからどきな！」

牛たちはのろのろと、道のわきへ動きだす。ミス・アスター*3をのぞいて。この一頭だけ、いつも、自分がほかの牛たちとはちがうと思っているみたいな行動をする。だからわたしたちは、特別にミス・アスターと名づけたというわけだ。

「どきなってば」

おばあちゃんが、もう一度言う。でもミス・アスターは、大きな茶色い目でこちらを見つめるばかり。おばあちゃんは両手を腰《こし》にあて、めがねごしにミス・アスターをじっと見つめかえす。にらめっこだ。わたしはおばあちゃんの力になろうと、トラックのうしろから飛びおりた。そのときミス・アスターのかげから、赤い顔の小さな子牛が顔を出したのだ。

「おやまあ、これは」と、おばあちゃん。「ミス・アスターが、ママになったんだねえ」

「よけていけるから」と、とうさんが言った。おばあちゃんとわたしがトラックにもどって、わたしたちはふたたびトンプソン農園をめざした。

農園に着くと、とうさんは、きれいに刈りこまれた芝生《しばふ》のむこうにある苗木畑のほうへ、ひとりで向かった。はなやかなアザレアや、すっとさわやかな香りのジュニパーや、ほかにもいろいろな植物の鉢植えが何列も何列も、高い松の木々にふちどられた地平線まで広がっている。従業員のミルトン・ランバートとショーティ・キャルホーンが、温室のそばで四リットル缶《かん》を積みあげている。

そこへトンプソンさんが、トラクターに乗ってやってきた。手もとのキーをまわすと、エンジンのうなりが止まった。あたりは急にしんとして、モッキングバード*4のさえずりだけが響《ひび》きつづける。

「おはよう、みなさん」

トンプソンさんが、帽子をとった。はげた頭のまわりに、帽子のあとが赤く残っている。

「おはようございます」

わたしたちもあいさつした。

トンプソンさんは、苗木畑のほうを見やった。ちょうど、とうさんがホースをにぎっているあたりだ。

「タイガー、知ってるかい？　きみのおとうさんは十五歳のときから、一日も休まずああしてはたらいているんだ。うちで一番のはたらき者さ。そうして、いつも一日分のはたらき以上のものをもたらしてくれる。おとうさんみたいな人が、十人いてくれたらと思うよ」

なんだかとつぜん、太陽の光が空からまっすぐ差してきて、わたしをひときわ明るく照らしてくれたような気がした。

「ミズ・ジュエル」トンプソンさんはつづける。「カメリア[*5]〈ルイジアナレディ〉の写真は、ごらんいただいたかな？」

「はじめて聞く名前ですけど」と、おばあちゃん。

トンプソンさんは、ポケットから写真を出した。

「それもそのはず、私がつくった花だからね。八年かけて。どう、きれいでしょう？」

おばあちゃんは目の前に写真を持ってくると、めがねごしにじっと見た。

「まあああ！」

トンプソンさんは誇《ほこ》らしそうに、にっこり笑った。赤ちゃんが生まれたばかりのおとうさんのように。

「なにしろ八年だ。いちばんきれいな花が咲くまで、やきもきしながら世話をして。まったく、アーレットよりも花のほうのごきげんばかりとっていなきゃならなかったよ」

おばあちゃんはその写真を、かあさんに、そしてわたしに見せてくれた。まるで満開のバラのような花だった。あわいピンクの花びら一枚一枚のふちを、濃《こ》いピンクが王冠《おうかん》のようにいろどっている。

かあさんは顔を近づけすぎて、写真に鼻がくっついた。

「まあああ!　ほんとうにきれい」

「きれいです」わたしも言った。

トンプソンさんは帽子をまた頭にのせると、自分のひざを支《ささ》えに、片ひじをついた。

「このカメリアに興味をしめしてくれてる人が、ダラスにいてね。二、三週間後に会う予定なんだが。ちょっとした人気商品になるんじゃないかと言うんだよ。これまでのものと比べて、花がよくもつからね」

おばあちゃんが写真を返しながら、聞いた。

「早咲《はやざ》きなんですか、それとも遅咲《おそざ》き?」

トンプソンさんが、ぐっと身を乗りだす。

「早咲きさ。十月に咲きはじめて、クリスマスのころも咲いてる」

「それはそれは」おばあちゃんがうなずく。

「それはそれは」かあさんがくり返す。

「ミズ・ジュエル」とトンプソンさん。「帰る前には、お宅《たく》で食べるぶんもどっさり持っていくのを忘れずにね」

「助かります、ウドロー、うちでは去年のようにとれなかったもんですから。あのいまいましいカメムシのせいで」

「タバコを吹きかけると、殺虫剤《さっちゅうざい》がわりになるよ」

「ほんとうに？　ありがとうございます、今度やってみます」

トンプソンさんが、トラクターをスタートさせながら叫ぶ。

「きょうはまた、ひどく暑くなりそうだね」

そうしてしめった草地にわだちを残しながら、苗木畑のほうへ走り去った。

おばあちゃんが、かあさんの日よけ帽のあごひもをしっかり結んでやる。かあさんは、まるで冠《かんむり》でものせてもらったみたいに、得意そうにほほえんでいる。

「ママみたいになったでしょ。ね？　ママそっくりになったでしょ」

おばあちゃんのくちびるのはしが、かすかに上がって、ほんのり笑顔になる。

「『天はみずから助くる者を助く』だよ。タイガー、おまえも結びなさい」

赤い木綿《もめん》の、あまりにかっこわるい日よけ帽のひもを結ぶと、わたしはバケツを持っておばあちゃんとかあさんのあとについていき、畑仕事を開始した。かあさんは、緑の豆でもひからびたものでも、つるになっているものを片はしからとりはじめた。

おばあちゃんは、かあさんからバケツを受けとると、さかさまにしてふった。そうしてバケツを返しながら、ひとこと注意した。

「紫《むらさき》のだけね、コリーナ」

バケツがいっぱいになるたびに、わたしたちは作物の列のはしにおいてある大きな丸かごに、豆をあけに行く。最初は、どれだけ早くバケツをいっぱいにできるかというゲームみたいだったが、つるから豆をもぐのにも、バケツに入れるとカン、カンと金属の音がするのにも、わたしはじきに飽《あ》きてしまった。

ピンクの斑点《はんてん》のあるムラサキインゲンの豆畑で、わたしたち三人が立っているようすは、ちょっとした見ものだったにちがいない。オーバーオール姿の太ったおばあさんに、きれいで子どものような女性、棒みたいな脚《あし》をしたやせっぽちで赤毛の子——それがまた、そろいもそろって日よけ帽なんかかぶって。こんなところを、もしもアビー・リンかジェス・ウェイドに見られたら、わたし、死んでしまう。

ところが数時間後、そのジェス・ウェイドが家から出てきて、ポーチにかけてある籐《とう》のブランコにすわり、こちらに目をやったのだ。なにか読んでいるふりをしていたが——たぶんスーパーマンのコミックスだ――本のかげから、わたしたちをこっそり見ているのがわかった。

やがて彼は、いなくなった。と思ったら、今度は花もようのふきんを頭に巻き、バスケットを持って現れた。そうしてポーチで、踊《おど》るようにはねまわり、かがんでなにかを拾《ひろ》ったり、それをバスケットに入れたりするしぐさをしている。わたしたちが小さかったころ、教会の保育園でやった遊びに似ている。いや、ちがう。わたしはぴんときた。彼はわたしたちのまねをして、おどけているのだ。

思わずわたしは、声をあげて笑った。

おばあちゃんの声が、わたしを現実に引きもどした。

「タイガー、なにしてるの？」

おばあちゃんは背すじをのばし、腰のあたりをもんでいる。

もちろんジェス・ウェイドは、ブランコにもどって、なにごともなかったかのように、読書中のふりをしている。

「さぼっちゃだめだよ」おばあちゃんが言った。「いちばんはたらかなきゃいけないのは、あんたなんだから。いい？　ひよこ二十四羽分だよ」

「はい」

おばあちゃんが身をかがめてまた豆をつみはじめると、わたしはジェス・ウェイドに向かって、思いきり舌《した》を出した。ジェス・ウェイドも、べーっと舌を出した。たしかに彼は、この畑仕事にうんざりしているわたしの気持ちを、一瞬《いっしゅん》明るくしてくれたかもしれない。でも、ここでわたしが太陽にやかれて汗だくになり、身を粉《こ》にしてはたらいているのは、そもそも彼のせいなのだ。

ジェス・ウェイドは、しょせん甘やかされてるおぼっちゃん――このときわたしはそう思った。「はい《イエス・マーム》」や「いいえ《ノー・サー》」をきちんと言って、礼儀《れいぎ》正しいけれど、労働なんかしたこともない。しかもおとうさんは、こんなにりっぱな苗木畑を持っている。おばあちゃんは、ジェス・ウェイドは生まれたばかりのころ、とてもからだが弱かったので、トンプソンさんの奥さんが大事にしすぎたのだと言っていた。でもわたしは、野球のボールが打てて塁《るい》から塁へ走れるなら、じゅうぶんできる仕事がふたつ三つはあるはずだと思う。

正午、わたしたちはお昼休みに入ることにした。ポーチの網戸のドアのほうへ、それぞれバケツ型[*6]のお弁当入れを持っていくと、トンプソンさんの奥さんが、お盆《ぼん》にアイスティーとレモネードをのせて出てきてくれた。白いブラウスにピンクのカプリパンツの奥さんは、見るからにさわやかですてきだ。わたしも、ぶかぶかの短パンのかわりに、すそが折りかえしになっているあんなカプリパンツがあったらなあと思う。

わたしは、かあさんのだらりとしたワンピースのふだん着と、ばかみたいな日よけ帽を見やった。と、急にかあさんはお弁当入れを落とし、角まで一気に走っていくと、なにかをつかんだ。

「つかまえた！」かあさんが、カメレオンをかかげた。「トカゲつかまえた！」

そうして、大きく口を開けている緑の生きものを、奥さんの鼻先につき出した。

奥さんは、思わずとびのいた。

「まあ、ほんとうね、コリーナ。ジェス・ウェイドよりすばしこいのね」

「はなしなさい」おばあちゃんが言った。

かあさんはむくれたが、カメレオンをはなしてやった。そうしてお弁当入れを拾うと、ポーチのブランコに腰かけた。

奥さんは、アルミのいすのあいだにある小さなテーブルにお盆を置いた。

「まさか、みなさん、あちらにもうそんなにお時間かけたりしないわね？」

「ここで夕陽《ゆうひ》をおがむことになると思います」一方のいすのうしろへまわりながら、おばあちゃんが答えた。

奥さんはもう一方のいすにすわって、おばあちゃんにアイスティーを、かあさんとジェス・ウェイドとわたしにレモネードを、ついでくれた。

「ミズ・ジュエル、おからだに気をつけなければ」と奥さん。「あまりはたらきすぎないでくださいね」

「いいえ、私のこの七十二年のうちでは、こんなのはたらきすぎに入りません」

出ました、とわたしは思った。古きよき昔の話。わたしはもうおばあちゃんのまねができるほど、何度も聞かされている。

「昔はねえ」とおばあちゃん。「寝床《ねどこ》に入るころには、からだじゅう痛くて、筋肉痛《きんにくつう》でズキズキして。でも、それが人生ってもんだと思ってました」

「まあ、そうでしたの？」とトンプソンさんの奥さん。

この上なくおもしろくない話を、こんなにもおもしろそうに聞いているようすができるなんて、トンプソンさんの奥さんって、ほんとうにいい人、とわたしは思った。

かあさんが、レモネードをひと口飲んで、目をしばたたいた。

「お砂糖《さとう》もらえますか、ミズ・トンプソン？　このレモネード、かあさんのピクルスみたいにすっぱい」

「コリーナ！」おばあちゃんがするどい声を出した。つばといっしょに、アイスティーが口から飛んだ。

「あらいいのよ、ミズ・ジュエル。コリーナ、あなたの言うとおり！　ウドローがすっぱめのレモネードが好きなものだから、私はいつもお砂糖をそえることにしているの。なのにきょうは忘れちゃったのね。気づかせてくれて、ありがとう」

奥さんは中に入ると、砂糖つぼを持ってきた。

かあさんが、コップに何杯も砂糖を入れている横で、ジェス・ウェイドがわたしに話しかけてきた。

「あっちの木の下に行かない？」

「うん」答えながら、わたしはあの日よけ帽をぬぎすてた。

「あんまり遠くまで行ったらだめよ、タイガー」おばあちゃんが叫んだ。「遊びにきたんじゃないんだからね」

筋肉痛と重いからだで、それはよくわかっている。わたしたちは急いでサンドイッチを食べると、オークの木かげに寝そべって、流れゆく雲をながめた。

「あれは馬車。三頭だての」空を指さして、わたしが言う。

「どれ？」ジェス・ウェイドが聞く。

「ほら、あれ」

たいくつなときに、わたしたちはよくこうして遊んだ。心のなかが重くても、その思いが頭の上から空へ流れていって、ぽっかり浮かび、ひとつの形や姿になって見えるのはおもしろい。これからつまなければならないムラサキインゲンの列という列が、心にのしかかっているわたしは、願わずにいられなかったのだろう。自分をつれ去ってくれる馬車があったなら、と——たとえば、バトンルージュのドリー・ケイおばさんのところに。

ジェス・ウェイドが、両ひじを地面について、少しからだを起こした。

「アビー・リンのところの新しいプールのこと、聞いた？」

「ううん」わたしは、いかにもなにげなさそうに答えた。わたしにとっては、それが夏じゅうでいちばんわくわくするニュースになったことを、さとられないように。

まもなくわたしは、おばあちゃんに呼ばれて、畑のほうへ足を引きずっていった。あとからジェス・ウェイドが追いかけてきた。

「これ忘れるなよ、タイガー」

えくぼを見せてにっこりしながら、彼はあのみっともない日よけ帽を差しだした。

「イチゴのつぶつぶみたいにそばかすだらけになっちゃうぜ。ほら、もうここに大きなのがひとつ」

そうして、わたしの鼻の頭に触《ふ》れた。

わたしは帽子をひったくると、畑に向かった。

午後も三時ごろになると、両脚《りょうあし》が痛くてたまらず、腰もだるくなってきた。太陽って、小川に泳ぎに行ったり野球をしたりしているときには、トーストにバターが溶《と》けるみたいにあっという間にしずんでいくのに、どうしてきょうは、テキサスを横断《おうだん》しようとしているイモムシみたいに、わずかずつしか動いていかないのだろう？　おばあちゃんは、つらい仕事のときには奴隷《どれい》の監督官《かんとくかん》みたいになる。年をとってもはたらき者であることを、みんなに証明しなくてはならないと思っているかのようだ。

やがてかあさんが、地面にどすんとすわりこんだ。

「もうだめ！　つかれたし、痛《いた》い」

約三十五リットルの量が入る丸かごが四つ、すでにいっぱいになっている。

「どこが痛いの？」おばあちゃんがたずねる。

「ぜんぶ！」

「立ちなさい、コリーナ。タイガーも私も、まだやめてないでしょ?」

だがすぐに、またおばあちゃんの声がした。わたしがトンプソンさんの家を見つめて、ジェス・ウェイドの恵《めぐ》まれた暮らしに思いをはせていたときだ。

「タイガー、なにをぼうっとしてるの。やれやれ、ひとりはぼうっとしてるし、もうひとりはだだをこねるし」

五時になると、仕事を終えたとうさんがやってきて、わたしたちの畑仕事に加わった。やがて太陽が、ピンクやラベンダー色に染まった地平線に、しずんでいった。一日の終わりがこんなに待ちどおしいことがあるなんて、思ってみたこともなかった。

「さて、と」とうとうおばあちゃんが言った。「きょうはここまで」

「アーメン!」かあさんが叫んだ。

「アーメン」わたしも、そっとつぶやいた。

訳注＊1　根の粉末が、コーヒーの代用品とされている。
＊2　新生児にかぶせる布製の赤ちゃん帽のような形で、あごの下でひもを結ぶ。
＊3　米国の映画女優メアリー・アスター(一九〇六―八七)にちなんだ名前

と思われる。

＊4　マネシツグミ。全米に生息《せいそく》し、他の鳥の鳴き声をじょうずにまねする。

＊5　ツバキ科の花木の総称。ファッションブランド「シャネル」のシンボルマークにもなっている。

＊6　労働者が使うもので、もとは熱い食物を入れた。

5

セイター川《クリーク》で、かあさんとジェス・ウェイドとわたしは、それぞれタイヤのチューブを浮《う》き輪《わ》にして乗っかり、投げだした両脚《りょうあし》をつめたい水にひたしていた。六月のなかばというのに、独立記念日の七月四日よりも暑い。わたしは手をかざして、まぶしい太陽の光をさえぎりながら、空をながめた。頭上にそびえたつ木々のはしで、白い雲がダンスしている。すっかりのびた草のなかでは、バッタたちがやかましいほど鳴いている。

「見てて」

急にかあさんの高い声がした。そうしてそのままザブンと水に飛びこんだかと思うと、頭からもぐっていった。わたしはあわてた。

「だめよ、かあさん！」

きょうはこのあと移動図書館に行くことになっていて、髪《かみ》の毛をぬらしてはいけないとおばあちゃんに言われたのだ。しかたなくかあさんが顔を出すのを待ったが、なかなか出てこない。わたしはしだいに息ぐるしくなってくる。だれかに肺《はい》から空気をたたき出されているみたいに。

思いきって、わたしも水に飛びこんだ。そうして手をのばし、かあさんの腕《うで》か脚《あし》に触《ふ》れないかとあたりをさぐる。いや、胴体《どうたい》でもどこでもいい。でもどこにも触れない。もうおばあちゃんにしかられるどころではない。

「ジェス・ウェイド、どうしよう！」

金切《かなき》り声をあげて、わたしはうたた寝していたジェス・ウェイドに水をかけた。

ジェス・ウェイドは頭をふって、目を開けた。「ん？」

「かあさんが！　川にもぐっていっちゃったの」

「そのうち出てくるでしょ？」

「それがまだ出てこないの！　助けて！」

彼は水に飛びこむと、潜水《せんすい》しながらむこう岸まで泳いでいった。わたしは必死《ひっし》で腕をのばして、両手であちこちさぐってみるが、水が指のあいだをすりぬけていくばかりだ。心臓の打ちかたがどんどん速くなって、今にも胸から飛びだしそうだ。

ジェス・ウェイドの頭が水面にあらわれ、今度はわたしももぐろうかと思ったそのとき、うしろでかあさんの笑い声がした。

「こっち、こっち！」

かあさんは浮き輪につかまりながら、歌でも歌っているような調子だ。ぬれた髪がはりついていても、やっぱりかあさんは美しい。頰《ほお》は太陽にキスされたみたいに赤らみ、瞳《ひとみ》は水面に揺れる日の光のように、きらきらしている。そうして笑いやめると、楽しそうに言った。

「こんなの、できないでしょ！」

ほっとして、わたしはため息をついた。

「もう、かあさんったら、おばあちゃんに生きたまま皮をはがれるよ」

でも、息をしているかあさんにまた会えて、ほんとうにありがたかった。わたしはかあさんを抱きしめた。

かあさんも、わたしを抱きしめ返した。それから言った。

「泳いだあとにクレムがすること、見たい？」

クレムというのは、ジェス・ウェイドが飼《か》っている猟犬《りょうけん》だ。

答える間《ま》もなく、かあさんは何度も何度も頭をふり、ぬれた髪から思いきり水しぶきを飛ばして、わたしにかけた。

「やだ、やめて、かあさん！」

かあさんが笑い、ジェス・ウェイドも大笑いした。だがかあさんは、ふと真顔《まがお》になると、わたしたちのうしろをじっと見た。

「あ、ママ」かあさんが口を開いた。

ジェス・ウェイドは、乗っていた浮き輪から出た。「こんにちは、ミズ・ジュエル」

わたしもあわててふり返った。おばあちゃんがタオルを二枚持って、こわい顔をしながら土手に立っている。

かあさんは、まだにこにこしている。

「ねえママ、泳いだあとにクレムがすること見たい？」

そうしてまた頭をブルブルッとさせたが、今度はだれも笑わなかった。

「おいで、コリーナ」おばあちゃんが言った。「かわかさないと。髪がぬれてちゃ移動図書館には行けないよ」それからわたしをじろりと見た。「あんたに言っておいたと思うけど」

かあさんが一歩前に出る。おばあちゃんはタオルを一枚わたしに投げる。それからもう一枚をかあさんの頭の上に広げ、ごしごし乱暴《らんぼう》にふきはじめた。

「あーん、ママ！」かあさんが悲鳴《ひめい》をあげる。「痛《いた》い」

おばあちゃんは手を止めない。

「今度、髪をぬらさないようにと言ったときには、これを思い出すんだね。さあ、早く帰って着がえないと」

帰る道みち、かあさんは、また子どもの遊び歌〈お店にいるあのワンちゃんはいくら？《ハウ・マッチ・イズ・ザット・ドギー・イン・ザ・ウインドー》〉を歌った。そうしてさっとやぶに姿をかくす。それから声だけが聞こえてくる。〈ワンワン！〉

「ごめんなさい、おばあちゃん」わたしはあやまった。「かあさん、あっという間にもぐっちゃって、わたしはなんにもできなかった」

おばあちゃんの表情がやわらぎ、ほほえみが浮かんだ。大きくにっこりとではなかったが、もともとおばあちゃんはそういう顔をしない。それでも笑顔は笑顔だ。

「いいんだよ、気にしなくて。それよりあんたも帰って着がえないと。ふたりとも、髪からしずくを落としてるようじゃ、でかけられないよ。ジェス・ウェイド、おかあさんによろしくね。おとうさんには、あのムラサキインゲンはすばらしくおいしかったですと伝えてちょうだい」

そうしておばあちゃんは、むこうを向くと、さきに歩いていった。

「はい。かならず伝えます」

ジェス・ウェイドも、わたしと同じぐらいほっとしているようだった。

三十分後、かあさんとわたしは、セイター川《クリーク》小学校の体育館わきに来る移動図書館めざして、交代で石をけりながら歩いていた。およそ三・二キロの道のりを、少しでもらくにやりすごせるよう、わたしたちはよくこうして石をけりながら歩いていく。

移動図書館に着くと、わたしは前にも読んだ『若草物語』を、もう一度借りた。かあさんは、次つぎと絵本に目を通している。うしろでは、ハナが『ジェーン・エア』[*1]を立ち読みしている。片方の腕が、新しいギプスで固定されている。数か月前には、どこだかから落ちてあばら骨を折ったと言っていたが、ほんとうだったんだろうか。みんな、ハナはおとうさんになぐられていると言っているのだ。

わたしが見つめているのに気づくと、ハナはむっとした顔になった。

「いい本よ、それ」わたしは言った。「去年の夏、読んだの」

するとハナは、『ジェーン・エア』を棚《たな》にもどし、ほかの本を取った。わたしは急いで顔をそむけ、窓の外を見た。アビー・リンにドリー、アネット、そしてジャッキーが、体育館に入っていく。

わたしはそっと、かあさんのほうを見た。あいかわらず一冊ずつ絵本を読んでいる。ふつうのおかあさんが、スーパーでいちばんいい豚肉の切り身《ポークチョップ》はどれかしらと吟味《ぎんみ》するみたいに、どちらの手にも絵本を持ち、くり返し右から左へ目を動かしている。かあさんはこのまま、移動図書館が閉館になって車が次の行き先に向かうまで、ここでこうしているだろう。

わたしはこっそりその場をぬけ出すと、体育館のなかへ入っていった。男の子たちがバスケットをしている。ジェス・ウェイドもいる。アビー・リンたち女の子は、階段状になった観覧《かんらん》席のそばで、頭を寄せあい、まるくなって立っている。わたしには、みんなの背中しか見えない。アビー・リンが中心になって、シアーズ・ローバック社のカタログをめくっているようだ。足もとは、全員コンビカラーのおしゃれなサドルシューズで、ボブヘアにした髪には、バレッタをとめている。わたしもあんなふうに、サドルシューズをはいてボブヘアにしたら、どんな感じになるだろう。

アビー・リンが、ページを指さしている。

「あたし、フリルのついたこの水着がいいな」

「わあ、すてきー」ほかの子たちがいっせいに言う。

アビー・リンは、カタログを閉じた。

「パパがね、プールのあとに、パーティーひらいてくれるって。あたし、知ってる人を全員呼ぶつもり」

言いながら、わたしを見る。わたしは心臓がドキドキした。

そのときだ。

「タイガー！　タイガー！」

かあさんの声だ。泣きじゃくっている。体育館は大ぜいの人でざわめいているのに、それを圧倒《あっとう》するように響《ひび》いてくる。

だれもが話すのをやめて、かあさんのほうをふり返った。ジェス・ウェイドさえドリブルをやめた。かあさんは子どものような大またで立ちつくし、一方の手に口が開いたままのバッグを、もう一方に絵本を一冊持っている。まだかわききっていない髪、くちびるからはみ出た赤い口紅《くちべに》。女の子たちがくすくす笑いだした。わたしの顔は、灯油《とうゆ》ランプみたいに熱くなった。できることなら、壁《かべ》のひび割れのなかにもぐり込んでしまいたい。

「タイガー、おかあさんがさがしてるわよ」

アビー・リンが、ひとことごとに金髪《きんぱつ》の巻き毛を揺らして言った。

ドリーは、前歯のあいだが大きくすいているのをかくすように、くちびるを閉じると、まゆをしかめた。

「まあ、タイガー・パーカー、あなたおかあさんを置きざりにしたの？　ひどーい！」

女の子たちは、声をひそめて笑った。

わたしはこおりついた。視線を落とし、ただ体育館の床の傷を見つめた。ほんとうは手を高くあげてふり、「ここよ、かあさん。わたしはここ」と言うべきなのだ。それなのにじっとだまったまま、透明《とうめい》人間になってしまいたいと思っている。これはほんとうに現実？　もしかしたら夢かもしれない。

いや、夢ではなかった。

かあさんがこうしてとつぜん現れたことで、プールのあとのパーティーにわたしが呼んでもらえる可能性は、消えてしまったかもしれない。体育館にいる人たちは、まるでモーゼが紅海《こうかい》をふたつに割ったときのように、かあさんをよけてふたつに分かれていく。かあさんが腕にかけている黒いエナメルのバッグは、あいかわらず大きく口が開いたまま。そのかっこうで、きょろきょろあたりを見まわし、体育館じゅうをさがしている。わたしの心臓が、太鼓《たいこ》のような音で鳴りはじめる。ついにかあさんと目が合うと、かあさんは飛んできてわたしに飛びつき、汗ばんだ両腕をわたしの背中にまわした。それから頬《ほお》ずりをした。

「タイガー、やっと見つけた！」

アビー・リンが、ドリーの耳になにかささやき、女の子たちがまたくすくす笑った。

かあさんは、ぎゅっとわたしを抱きしめた。髪がわたしの顔にかかった。

「なくしたかと思った、あんたのこと。でも落とし物案内はどこかわからなかったし」

アビー・リンが手で口をおおって、ふき出しそうになるのをこらえている。ああ、もうだめだ。でもかあさんがそう言うのも、むりはない。昔、わたしが四歳だったころ、わたしはかあさんとデパート〈ペニーズ〉で買い物をしていて、はぐれたことがある。そのときおばあちゃんが、「今度そういうことがあったら、落とし物案内のところに行きなさい」とわたしたちに言ったのだ。

かあさんは、そのときも泣いていた。

「タイガー、お願いだから、かくれんぼはやめて。好きじゃないの」

女の子たちが、わたしとかあさんから遠ざかっていく。じきにわたしたちは、ふたりでそこにとり残された。体育館じゅうの人がこちらを見つめている。まるでわたしたちが、芝居《しばい》でもしているみたいに。ふと、むこうのほうにジェス・ウェイドが見えた。わたしの視線に気づくと、彼も下を向いた。だがすぐに顔を上げ、わたしに向かってにっこり笑った。

「行こう、かあさん。うちに帰ろう」

出口に向かいながら、わたしはちらっと女の子たちに目をやった。

体育館を出て、わたしたちはまた歩いて家路《いえじ》をたどった。学校の横で、のんびり歩いてきたミニーとアブナーが、手をふってくれた。ふたりのおとうさんのオーティスは、苗木畑でうちのとうさんといっしょにはたらいているのだ。ミニーは髪の毛を、十二本もの細い三つ編みにして、ぜんぶに赤いリボンを結んでいる。ふたりはこれからたぶん黒人学校に行き、そちらに巡回《じゅんかい》していく移動図書館ですごすのだろう。

かあさんは、あいかわらず片手に『ちびっこきかんしゃくん』[*2]を持ち、もう片方の手にバッグをさげて、ぶらぶらさせている。それから、つまさきのすり切れたよそゆきの靴で、石をけった。

「はい、タイガーの番」

「やらない」わたしはつぶやいた。

「どうしたの?」と、かあさん。

「やりたくない」

「でも往《い》きにはやったでしょ。どうして今は、やりたくないの?」

「やりたい気分じゃないから!」思わずわたしはどなった。

かあさんには、なぜわたしが腹をたてているのかわからなかった。こんなに声を荒《あら》らげるとは、かあさんはおどろいただろうが、わたし自身もおどろいた。かあさんをどなるなんて、生まれてはじめてのことだった。

かあさんの顔が、教会保育園の子どもみたいにゆがんだ。

「おこってる。どうしておこってるの?」

わたしはなにも答えなかった。なんと言えばいいのかわからなかった。はずかしくて、変な気分で、自分の頭のなかにあることが、まるでほかの人の考えみたいだった。体育館なんかに行かなければよかった、と思った。アビー・リンたちなんかに、会わなければよかった。それから、これまで思ってもみなかったことを、思ったのだ——かあさんが、わたしのかあさんでなければよかった。

かあさんは泣きながら、わたしの腕をとろうとした。でもわたしはそれをかわして、無視《むし》した。

「おこってる。あたし、なにをした？」

わたしは肩をすくめた。

「ねえ、かあさん、どうして体育館でわたしに抱きつかなきゃならないわけ？」

かあさんは足を止め、息をのんだ。さっと手で口をおおうと、大きな茶色の瞳がますます大きくなった。

「あたし、力入れすぎた？」

「いや、そうじゃなくて」

わたしはまた歩きだした。

かあさんはしかられた子どもみたいに、うなだれながらうしろをついてくる。急にわたしは、罪悪感《ざいあく》でいっぱいになった。

どうしたらかあさんを、元気づけてあげられるだろう？　わたしは石をけった。

「ほら、かあさんの番」

かあさんは、もう笑った。犬のクレムが泳いだあとのように、一気に悲しい気分をふりはらった。

「これ持ってて」

そう言うと、かあさんは絵本とバッグをわたしにあずけ、石にねらいを定めてうしろにさがった。

そうして頬をふくらませ、勢いよく飛びだして助走し、思いきり石をけった。石は空たかく飛んでいき、わが家の郵便受けに命中した。かあさんは手をこすり合わせ、顔をほころばせた。

「こんなの、できないでしょ」

「できないな、ぜったい」

家につづくまがりくねった小道を、今度はわたしがかあさんのうしろを歩いた。そびえ立つ松の林のあいだから、真昼の太陽が照りつけ、わたしのからだをじりじりやく。

アビー・リンのプールパーティーに招待《しょうたい》されて、本物のプールで泳げたら、どんなにすてきだろう——わたしはまた、そんなことを考えていた。

訳注＊1　孤児となり、おば一家に虐待《ぎゃくたい》されて育ったジェーンが、家庭教師として住みこんだ家の主人と結ばれるまでの物語。ジェーンは、当時の新しい女性像として大きな反響を呼んだ。
＊2　原題は *The Little Engine That Could*。顔のついた水色の機関車が、数かずの困難を乗りこえて、仕事を成しとげるお話。アニメにもなった。

6

体育館での騒《さわ》ぎがあったあの日から、わたしのまわりでいろいろなことが変化しはじめた。かあさんととうさんをながめていると、次はどんなことをしでかしてわたしをこまらせるんだろうという気がして、ときどき顔が熱くなった。

でも、いっしょにすごして楽しかった思い出が浮かんできて、そんな自分をはずかしく思うときもあった。たとえばわたしが九歳のとき、シュリーブポートでひらかれたルイジアナ州《ステート・フェア》のお祭りに、みんなで行ったときのこと。おばあちゃんがベンチにすわっているあいだ、とうさんとかあさんとわたしは観覧《かんらん》車に乗ったのだ。

わたしたちが乗ったゴンドラが地面をはなれるたびに、とうさんはかけ声をかけた。

「さあ行くぞ。上へ、上へ、高く、高く!」

おりてくるときには、かあさんとわたしでずっとキャーキャー言っていた。そうやってわたしたちは、十六回も観覧車に乗った。ほんとうは十七回目も乗るつもりだったが、わたしが気持ちわるくなって、吐《は》いてしまったのだった。

最近かあさんについて気になっていたのは、テレビばかり観《み》るようになったことだ。わたしがスイッチを入れたあの日から、張《は》りついたように観ている。家の仕事を急いですませると、テレビから三メートルちょっとはなれた床にまくらを置き、ポンと飛びのる。そうして子どもむけ人形劇「ハウディドゥーディ」から、ドイツ人移民一家のホームドラマ「ガイディング・ライト」まで、ありとあらゆる番組を観る。

夜も、その日の放送終了を告《つ》げる国歌が鳴るまで観ている。音楽が流れてくると、立ちあがって〈気をつけ〉をし、左胸に手をあてて、微妙《びみょう》にさがった音程《おんてい》で歌いだす。

「オー・セイ・キャン・ユー・シー(おお、見えるだろうか)……」

一方とうさんは、テレビにはすぐ飽《あ》きて、おばあちゃんと同じように〈うるさい箱〉と言うようになった。手を使ってはたらいているときがいちばん楽しいとうさんは、日ごろすわっていることさえめったにない。

「すわって他人の暮らしを見てるのが、なんでそんなにおもしろいのかな」

苗木畑での仕事が終わると、とうさんは、今度はおばあちゃんの菜園ではたらいている。

ドリー・ケイおばさんがテレビを買ってくれるまで、かあさんはそんなとうさんの帰りを、毎日首を長くして待っていた。わたしが学校から帰るのも、首を長くして待ってくれていた。窓の木綿《もめん》のカーテンのあいだから、こちらを見つめているお人形のようなかあさんの顔が、道からもう見えるのだ。とうさんが帰ってくるときなど、ポーチの階段のいちばん上にとうさんが着くか着かないかで、かあさんはドアを大きく開けてかけだし、やせたとうさんのからだを両腕でつつみ込む。くちびるをすぼめて、とうさんのくちびるに押しあてる。そうしてふたりは、そのまま延《えん》えんと抱きあっている。

かあさんととうさんが、そんなふうにじっと見つめあっていると、わたしはひとりで赤くなってしまうことがある。なぜだかわからない。わかっているのは、かあさんが、とうさんはマーロン・ブランドみたいにかっこいいと思って、相手をしているらしいこと。そして、ああ、実際にはそうでないこと。

ところが、移動図書館に行ってから二、三日たった日、かあさんはとうさんを出むかえなかったのだ。とまどったとうさんは、ポーチの階段をおりて、重い長靴《ながぐつ》でもう一度のぼりなおした。ドン、ドン、ドン。網戸《あみど》のドアをきしませ、ゆっくりドアを開けて、とうさんは部屋をのぞき込んだ。テレビが夕方のニュースを伝えている。キャスターのエドワード・R・マローが話しつづけている前で、かあさんは脚《あし》を組んですわっていた。とうさんの笑顔が消えた。

とうさんは、ちょっと咳《せき》ばらいをした。

「ただいま、コリーナ。きょうはどうだった?」

かあさんは、とうさんのほうをちらりと見ると、投げキスをした。女優がそうしているのをテレビで観たのだ。

とうさんは髪を指ですき、催眠術《さいみんじゅつ》みたいなマロー氏の声の調子に負けまいと、声をはりあげた。

『きょうはどうだった?』って聞いたんだけど」

「〈赤〉がアメリカ人と握手《あくしゅ》してる」

〈赤〉が共産主義者だということを、かあさんはわかっていない。テレビでだれかがそう言ったのを、聞きかじったのだ。

とうさんは、力まかせにドアを閉めた。あたりが揺れて、せっかくふくらんできていたおばあちゃんの手づくりパンが、しぼんでしまった。おばあちゃんはため息をつくと、やれやれと言うように首をふった。

次の日の朝、わたしはおばあちゃんから、夕立がくる前に洗濯物《せんたく》をとりこむのを、かあさんにも手伝ってもらいなさいと言われた。わたしがそれを伝えると、かあさんは両腕を前にのばし、ぐるりとまわして、コメディー「ハネムーナー」に出てくるだんなさん、ジャッキー・グリーソンのまねをした。

「月に行っちまえ、アリス、月に」

かあさんとなにか話そうとすると、テレビでかあさんがおぼえたせりふを聞かされずにはすまなくなった。

その日の夕方、かあさんはまたもテレビの前にすわり、番組のテーマソングをいっしょに歌っていた。

「ハウディドゥーディの時間だよ……」

いったいほかのどこのおかあさんが、こんな人形芝居《パペットショー》を見ているだろう？　まくらの上にすわり、幼児番組に夢中になっているかあさんを見たら、アビー・リンたちは大笑いするにちがいない。

おばあちゃんがいてくれて、ほんとうによかった。あたたかな台所で、火にかけたチキンガンボにスパイス類をたしているおばあちゃんの横に立ち、わたしはセロリをきざんだ。おばあちゃんは、フィードサック地[*1]の明るくカラフルなエプロンをしている。

「いいにおいだね、おばあちゃん」

「ありがとう。きょう、ひよこを注文したよ」

「ほんとう？」

「ええ、ええ。来週ごろには来るだろうね。さあ、かあさんとテレビを観てきたら？　あんたはよく手伝ってくれたし、夕飯ももうじきできるから」

わたしは横目でかあさんを見た。かあさんは、画面でさかんに動いているそばかすだらけのまぬけな人形と、人間の相棒《あいぼう》バッファロー・ボブに見いっている。わたしはしめったふきんをつかむと、合成樹脂《じゅし》フォーマイカのテーブルをふいた。

「いいの。あんな番組、好きじゃないから。好きな人の気が知れない。まともな人は観やしない」

おばあちゃんの片方のまゆが、あがった。

「あんたのかあさん以外のまともな人ってこと？」

テーブルの古い引っかき傷の上を、わたしはごしごしこする。

「そうは言ってない」

思ったことをよく考えもせずに口にして、わたしはきまりわるくなったが、こうして話すことができるのは、おばあちゃんだけなのだ。もしかしたらおばあちゃんが、かあさんとうさんに対するわたしの気持ちに、なにか光を与えてくれるかもしれない。

おばあちゃんは両手をエプロンでぬぐいながら、わたしに聞いた。

「だれかがあんたのかあさんのことで、なにか言ったの、タイガー？」

「言ったっていうか……」

「『言ったっていうか』というのは、『言った』とも『言ってない』とも取れるね。どっち？」

体育館で起こったことを、わたしがおばあちゃんに話しているあいだ、かあさんはあいかわらずテレビを観てひとりで笑っていた。聞き耳をたてているかもしれないという心配は、少しもなかった。嵐《ハリケーン》がきたって、かあさんはそのまま笑っているだろう。

おばあちゃんは台所のカウンターにもたれながら、じっと話を聞いてくれた。そうしてわたしが話しおわると、こう言った。

「人はね、自分とは〈ちがっているもの〉がこわいんだよ。だからって、〈ちがっているもの〉が〈わるい〉っていうことじゃあない。〈ちがっているもの〉は、ただちがっている。それだけのことなの」

おばあちゃんの言うとおりだと思った。でもことばだけでは、わたしの問題を解決することはできない。かあさんととうさんの頭をもっとよくすることもできないし、アビー・リンのプールパーティーに、わたしが呼んでもらえるようにすることもできないのだ。

かあさんが〈ちがって〉いなければよかったのに——わたしはおばあちゃんに、そうは言わなかった。でもおばあちゃんは、わかっていたのかもしれない。わたしが台所を出ようとすると、こんな声が聞こえてきた。

「きっとその女の子たちは、あんたが友情をそそぐ価値《かち》のない子たちなんだよ。だいいち、あんたにはジェス・ウェイドがいるじゃないの」

わたしのクラスは十一人で、女の子はあの子たちだけなのだ。友だちがジェス・ウェイド・トンプソンひとりでは、いったいどうやって、これから中学一年生の一年間をのりきればいいというのだろう？


その週、とうさんは足をふみ鳴らすようにして家じゅうを歩きまわり、そのたびにあたりが揺れた。ドアも力まかせに閉めるので、イチジクのジャムのびんがふたつも棚《たな》から落ちて割れた。それでとうとうおばあちゃんが、新しいルールをつくった——〈テレビは一日二時間だけ〉。

そんなのやめてと、かあさんは必死にたのんだ。それがうまくいかないと、今度はすねた。でもおばあちゃんは、折れることも、ルールを取り消すこともなかった。

わたしたちの生活は、じきに〈うるさい箱〉が来る前の日常にもどっていった。かあさんは落ちつきを取りもどし、家の仕事にきちんと時間をかけるようになった。とうさんは、また抱きしめてキスしてもらえるようになった。でもわたしは、アビー・リンのプールパーティーに、まだ招待《しょうたい》されていなかった。

ひょっとしたら、アビー・リンはうちに電話をかけたかもしれない。でもうちの電話はほかの四家族と共用だし、お話中だったのかもしれない。なにしろその家族のなかに、ミズ・ユーラがいるのだ。

それからある晩、ふと思った。黒檀《こくたん》のようにまっ黒な空にホタルが舞《ま》っているのをながめながら、ひんやりした草の上に寝ころんでいたときだ――アビー・リンはおしゃれな女の子だから、なにもかもそれらしくきめたいと思っているかもしれない。それで電話などではなく、郵便で招待状を送ったのかもしれない。そうして今このときにも、もう郵便受けに届いているかもしれない！

だがその予感があたっているかどうか確かめるのに、四、五百メートルも歩いていくには[*2]、すでにあたりは暗すぎた。わたしは、明日になるのを待つしかなかった。

訳注＊1　フィードサックは、もともと小麦粉や飼料を入れる布ぶくろのこと。これを明るいプリント柄にしたところ、生地として大人気となり、一九三〇年代から五〇年代にかけて、エプロンや子ども服、キルトなどがさかんに作られた。

＊2 アメリカの家の郵便受けは、配達に便利なよう街道沿いにまとめて置かれていて、家から遠いことも少なくない。

7

朝になると、わたしは大急ぎではだしのまま草地をぬけて、まがりくねった小道を郵便受けまで走っていった。それからまる一週間、同じことをくり返した。おかげでネコのブランドが、毎朝といけいでも合わせておいたみたいにポーチの下で待ちかまえ、わたしについてくるようになった。でも、いくら封筒を見ていっても、そのなかに招待状はなかった。

郵便配達人ホラス・タナーのひげ面《づら》には、うんざりさせられた。それでホラスが行ってしまったあとに着けるよう、時間をはかって出ることにしたのだが、なぜかかならず彼の青い古いシボレーとはちあわせしてしまう。

ホラスはうるさく聞いてくる。水曜日には、こんなふう。

「コンテストかなにかで大金がころがりこんでくるの、タイガー・パーカー?」

木曜日には、こんなふう。

「昔の彼氏《かれし》からのラブレターを待ってるんだな?」

そうしてコーヒーで茶色っぽくなった歯を見せて、にやりと笑う。歯と歯のあいだに、黒い大きなすきまがのぞいている。

アビー・リンがプールパーティーをひらくと告《つ》げてから六日目、ホラスは車の窓を開けて、輪ゴムでたばねたわが家あての郵便をわたしに差しだした。

「死んだだれかから、あんたに保険金が入るの?」

うす汚《ぎたな》くていやらしいこんな人を採用するなんて、アメリカ郵政公社はいったいどうしたんだろう。去年まで、このあたりの担当はヘンリー・オドムさんだったが、あの郵便屋さんは親切できちんとした人だった。

一週間、ドリー・ケイおばさんから一通手紙がきたほかは、請求書《せいきゅうしょ》ばかりを受けとりつづけて、わたしはもう、つまらない招待状のことなんか考えるのをやめようと決心した。きっとアビー・リンのパーティーは、終わってしまったのだ——。照りつける太陽の下で、こめかみと首すじに汗がわき、流れた。——プールがなんだっていうんだ。ものごころついたときから、わたしがいちばん好きな泳ぎ場は、セイター川《クリーク》だったじゃないか。

少しぶかぶかするありふれた水着に着がえながら、わたしはふと、アビー・リンはあのシアーズ・ローバック社のカタログに載《の》っていた赤いフリルつきの水着を注文したのかな、と思った。アビー・リンたちの発育ぶりなら、ああいう水着もぴったり似合うだろう。もうブラジャーをしている子も多いのだ。

「春に木の芽がふくらみだすのも、木によってみんな時期がちがうでしょ」おばあちゃんはそう言った。でもわたしが女らしいからだつきになるには、まだあと二、三シーズンかかりそう。なんだか、変わってほしくないとわたしが思っていることは変わり、変わってほしいことは変わらないみたいな気がする。

わたしは肩にタオルをはおると、道に出てタイヤのチューブをころがしながら、ジェス・ウェイドの家に向かった。そうして到着すると、チューブを地面に置いて、ポーチの階段をかけあがった。玄関にだれかが出てくれるまでのあいだ、わたしはふり返って苗木畑のほうを見た。温室の近くで、オーティスが手押し車にシャベルで土をのせている。とうさんは、土のついた植物の根を、目の粗《あら》い布で次つぎつつんでいる。

ドアが開いて、トンプソンさんの奥さんは、びっくりした表情を浮かべた。

「タイガー、ジェス・ウェイドなら一時間前にプールパーティーにでかけたわ。いっしょに行く約束《やくそく》をしてた？　まあどうしましょう、あの子ったらほんとうに忘れっぽくて」

わたしは顔が熱くなって、首をすくめた。

「プールパーティー？」

ぐっとつばをのみ込んで、自然にしゃべろうとがんばる。

「ああ、もうアビー・リンの家に行ったっていうことですね？」

「ええ、ごめんなさい、行ったのよ。車で送っていってあげましょうか、タイガー？」

答えようとしたら、自分の声ではないみたいにかん高い、変な声が出た。

「いいです、歩いて行けます……ジェス・ウェイドにも会えますから」

そうして奥さんと目が合わないように、急いでまわれ右をした。

階段をかけおり、チューブをつかむと、うしろからまた声がした。

「パーティーにはまだ間《ま》にあうわ。楽しんでいらっしゃい、タイガー」

わたしはまるまると大きなチューブをみっともなく引きずりながら、小道を走った。舗装《ほそう》していない道に出ても、足は止まらなかった。どうしてジェス・ウェイドは、わたしがいないっていうのに、平気でアビー・リンのパーティーに行けたの？

目の前がよく見えなくなった。車が一台通りすぎたが、いつものように手をふりはしなかった。強く鳴っている心臓の音に合わせて、わたしはただ走りつづけた。赤い土ぼこりが舞《ま》いあがって、目に入る。とうとうなにも見えなくなって、わたしは立ちどまった。そうして、タオルで目をこすりながら叫んだ。

「大っきらい、アビー・リン・アンダーズ。あんたなんか、大っきらい」

少しむこうで車が止まり、ドアがバタンと閉まる音がした。ふりむくと、車は道をまがってトンプソン家のほうへ走り去り、男の子がひとり、ゆっくりわたしのほうへ歩いてくる。ジェス・ウェイドだった。チェックのシャツをはおった下は水着で、ぬれている。タオルを肩にかけ、はにかむような笑顔でわたしに近づいてくる。

わたしはいまいましいチューブを引きずりながら、全速力で逃《に》げだそうとした。

うしろの足音が速くなった。

「待てよ、タイガー・アン」

思わず足をゆるめると、追いついた彼に腕をつかまれた。

「ごめんよ、タイガー・アン。わかったよ」

わたしは腕をふりほどこうとした。

「な、な、なにがわかったっていうのよ？」

彼はわたしのいちばんの友だちなのに、わたしを裏切《うらぎ》ったのだ。

ジェス・ウェイドは目を落とし、土をけった。そうしてそっと答えた。

「アビー・リンがきみを呼んでなかったってことが、だよ」

わたしはなにも言えなくなった。胸のつらさがどんどんふくらみ、いっぱいになって、内側からきゅーっと押されている。

「でかけたときには知らなかったんだ」ジェス・ウェイドは言った。「今朝《けさ》、電話したんだけど、だれも出なかったからさ。きみはもうでかけたと思った」

かあさんめ、あのいまいましいテレビめ。

「わたしが呼ばれてなかったって、なんでわかったの？」

「きみがどこにも見あたらなくて、アビー・リンに聞いたんだよ。どこにいるのって。そうしたら『呼んでない』って言うから、とうさんをつかまえて『帰らせて』ってたのんだ。とうさんも、アンダーズさんといっしょに来てたんだ」

ジェス・ウェイドは顔をそむけた。にらんでいたわたしと目が合わないように。

「へえ！　じゃあわたしが呼ばれなかったって、もうみんな知ってるんだ」

彼の前で泣いたりしたくなかったが、涙が勝手にあふれ出し、鼻水まで流れだした。あわててわたしはタオルで顔をふいた。

ジェス・ウェイドが、少しずつわたしに近づいてきた。そうして両腕でそっとわたしを抱きしめた。こんなことははじめてだ。おでことおでこがくっついた。

「こんなのひどい。わたしがあの子たちになにしたっていうの？」

ジェス・ウェイドの腕のなかは、安心だった。震《ふる》えていたからだもじきに落ち着いた。ところがふと、彼のくちびるが近づいてきたのだ。わたしは顔をそむけ、くちびるは頬《ほお》に触《ふ》れた。きょうだいみたいにしたかったのかな、と一瞬《いっしゅん》わたしは思ったが、それで終わりはしなかった。今度はあごを押さえられ、くちびるどうしがかさなった。胃がぎゅうっと悲鳴《ひめい》をあげた。わたしにキスしているのはマーロン・ブランドじゃない。いちばんの友だち。

頭がくらくらして、目がまわった。わたしは両手で彼を押しのけると、あとずさりした。それからタイヤのチューブも拾わず、まわれ右をすると、家まで走りつづけた。

8

家に着くと、わたしは中に入る前に、もう一度タオルで顔をふいた。家の前にはミズ・ユーラのさびの出た車がとまっていて、キスのことなど吹きとんだ。

キッチンテーブルでは、かあさんとおばあちゃんの前に、さかんに話すミズ・ユーラがいた。床には端《は》ぎれが散らばり、おばあちゃんの黒いシンガー・ミシンが台にまっすぐ立っている。テーブルには、シンプリシティ社のかざり気のない女児用ワンピースの型紙がのっている。いつもなら、わたしは服について山ほど質問するのだが、ミズ・ユーラのおしゃべりのおかげで、学校へ着ていく新しい服へのときめきもうすらいでしまった。

ミズ・ユーラはとがったあごを上げ、すごい勢いで口をぱくぱくさせている。そんな彼女の最新ニュースに興味《きようみ》をしめすまいとして、おばあちゃんはくちびるをきつく閉じ、そこに待ち針《ばり》を何本かくわえている。「うわさ話は、なまけ者の耳と手を喜ばせるだけ」おばあちゃんはよくそう言っているが、一方の耳がミズ・ユーラのほうにかたむいているところを見ると、それでも興味があるようだ。

かあさんは、興味がないふりをしようとはしていなかった。なまけ者の手をテーブルにのせて身を乗りだし、なまけ者の耳を全開にしている。そうしてたずねた。

「ハナが？」

「ハナがどうしたの？」

わたしは、キスしてきたジェス・ウェイドの面影《おもかげ》を追いはらおうとしながら、聞いた。

ミズ・ユーラが、得意そうに笑みを浮かべた。

「こんにちは、タイガー。あなたのおかあさんとおばあちゃんにお話ししてたのはね、ハナがおとといの夜、J・T・ウェブスターと結婚したってことなの」

「え？　ウェブスターさんって、すごくおじさんでしょ？」

ミズ・ユーラは大きな声で笑った。

「そうねえ、おじさんとは言ってもねえ」

そうして乗りだし、おばあちゃんの手を軽くたたくと、そのままおばあちゃんにウインクした。

でもおばあちゃんは、ブルーのワンピースのそでぐりに、待ち針でそでをとめつづけている。ミズ・ユーラはちらりとわたしをふり返った。

「三十九歳というのは、じゅうぶん若いという考えかたもあるのよ。でもあの子には、たしかに年をとりすぎてるわね」

わたしは十四歳のハナとウェブスターさんを、カップルにして思いえがこうとした。でもできなかった。ウェブスターさんの奥さんは去年の冬に亡《な》くなり、あとに三人の子どもたちが残された。いちばん上はわたしと同い年で、いちばん下はまだオムツをしている。わたしは、さっきジェス・ウェイドがわたしにしたみたいに、ウェブスターさんがハナにキスするところを考えた。とたんに胃がひっくり返って、わたしはつめたいリノリウムの床にへたりこんだ。

おばあちゃんが片方のまゆを上げ、待ち針の最後の一本を取りながら言った。

「タイガー、自分の部屋に行って、服をぬいでらっしゃい。仮縫《かりぬ》いをするから」

でもほんとうは、きっとこう言いたかったのだ。

「タイガー、おまえには、この話はもうじゅうぶん」

ミズ・ユーラは、そう察《さっ》しはしなかった。さらに乗りだして、あごをわたしに向けた。

「あの子、おとうさんになぐられてるって知ってた?」

おばあちゃんが手をはなした。そでがテーブルに落ちた。

「ユーラ!」

ミズ・ユーラは、からだごとおばあちゃんのほうを向いた。

「あら、だれでも知ってることよ、ジュエル。いずれにせよ、あの子はもうたくさんだったのよ。それでおとといの晩、J・Tとかけおちしたんだわ。J・Tがさらっていったわけ、おとうさんが酔《よ》っぱらってるすきに」

そうして今度は、わたしのほうに胴体《どうたい》を向けた。

「ソファで酔いつぶれてたんですって、おとうさん。あと新しいニュースは、結婚に気づいたとたんに、おとうさんがJ・Tの家に乗りこんだってことね。ライフル銃を持って。それで大声出して、大さわぎして。『ハナにはあともう二、三年、家ではたらかせるつもりだったのに、J・Tがそれをかっぱらった。ハナみたいな若い娘は、おれが銀行に預《あず》けてある金よりもっと値打ちがあるんだ』とかなんとか言って。あの人が銀行に預金を持ってたなんて、知らなかったわ。あなた知ってた、ジュエル？」

おばあちゃんは、ミズ・ユーラの質問を無視した。口にはまた待ち針をくわえている。

ハナに、また学校で会えることはあるだろうか。子どもであることと、だれかの奥さんであることが、同時にできるものだろうか？　ジェス・ウェイドとわたしの姿がまた頭に浮かんで、そのまま消えなくなった。

ミズ・ユーラがしゃべっているあいだ、かあさんは頬《ほお》づえをついて、ひとこともらさないよう聞きいっていた。

ミズ・ユーラはコーヒーをひと口飲むと、ふたたび話しだした。

「聞いたところじゃ、J・Tはハナを置いておくために、自分のトラックをおとうさんにあげたんですって。信じられる？　古いトラックと自分の娘を交換《こうかん》するなんて。いずれにしても、あたしが知ってることはこれでぜんぶよ。まったくあの子がちゃんとわかってるといいけど。どうやったら……」

「ユーラ！」

おばあちゃんが叫び、待ち針が落ちた。

「……じょうずにお料理できるか」

ミズ・ユーラが言いおえた。そうしてハンドバッグを手にして、立ちあがった。

「さて、そろそろおいとまするわ。主人の食事のしたくをしなくっちゃ」

ミズ・ユーラが帰ると、おばあちゃんはミシンの前にどすんと腰をおろした。針の下に生地《きじ》を置いて押さえると、ミシンがガチャガチャ動きだす。

一方かあさんは、めったにミシンを使わない。手縫いがいちばん好きなのだ。おばあちゃんはけっして自慢《じまん》げな言いかたをしない人だが、かあさんの繊細《せんさい》な針目はおしげなくほめる。

「こんなにきれいにこまかく縫えるのは、お針子《はりこ》の才能を持って生まれた人間だけよ、コリーナ」

おばあちゃんがそう言うたびに、かあさんはほんとうにうれしそうににっこり笑う。そうして、ほかにもだれかこのほめことばを聞いていてくれなかったか確かめるように、あたりを見まわす。

おばあちゃんのすばらしいところのひとつは、正直なことだ。もしほんとうのことを知る心の準備ができていないなら、おばあちゃんに意見を聞いてはいけない。わたしはそれを、人生の早い段階に学んだ。「わたしってきれい？」と、昔、おばあちゃんに聞いてしまったことがあったのだ。

「いいや、タイガー。おまえはきれいじゃない。でも頭がいい。そっちのほうが大事なこと」

そのことばは、胸に刺《さ》さった。わたしは、頭がいいよりきれいなほうがいい、と思ったのをおぼえている。今でもアビー・リンのあわい金髪《きんぱつ》のカールを目にするたびに、きれいになりたいという願いは強くなっていく。

待ち針を打ったすそは、まだふくらみのないわたしのふくらはぎの上で終わっている。わたしは鏡《かがみ》をのぞきながら、もし目を閉じて、この子ども用のワンピースをおとなっぽいたっぷりしたスカートに変えることができるなら、と思った。すそには、丸いレコードやプードルのアップリケがついているような。

そんな空想に、ふとジェス・ウェイドの顔が割《わ》りこんできた。わたしは、かっと熱くなった。どうしたらあのばかみたいなキスを、頭から追いだすことができるんだろう？

かあさんとおばあちゃんのために、わたしはまたべつのワンピースを着て見せた。まだすそが切りっぱなしで、灰色がかった青いワンピース。どしゃ降りのあとの、ルイジアナの空みたいな色だ。首のところには白いえりがついている。かあさんがすそに待ち針を打っていくあいだ、わたしはごそごそしないでじっと立っていようとした。

かあさんは一歩さがると、感心しながら言った。

「この青、あなたにとってもよく似合ってきれい、タイガー」

おかしなことだが、かあさんはいつもわたしに、わたしはきれいだと言う。しかも、ほんとうにそう思っているようなのだ。

おばあちゃんは、同じ型紙からちがう色の生地を、三着分切りぬいた。ミシンの横には、クリーム色と黄色の生地のパーツがかさねられて、順番を待っている。でも黄色を着ると、わたしはいじめられる。「赤に黄色は人殺し」みんな、そうはやしたてるのだ。これはもともと毒ヘビを見わけるための詩《ライム》だけれど、赤毛のかわいくない女の子をいじめるチャンスと、考えずにはいられない子どももいるわけだ。

かあさんは生地をしまうと、まくらの上に陣《じん》どって、テレビを見はじめた。おばあちゃんは、太いウエストにエプロンを巻きつけ、正面でリボン結びをしてから、くるりとうしろにまわした。

「タイガー、そろそろ、チキン・アンド・ダンプリングズ[*1]の作りかたをおぼえなさい」

「でも、おばあちゃん、チキン・アンド・ダンプリングズのレシピだけは秘密だって、いつも言ってたじゃない?」

おばあちゃんは、棚《たな》から小麦粉入れを取った。

「ああ、それはねえ、前は教えるのがめんどうだっただけ。でももう、頃合《ころあ》いだから」

頃合いって、なんの? わたしはとまどった。ハナのことが頭に浮かんだ。

「おばあちゃん、わたしにも、結婚する準備をさせようとしてるの?」

おばあちゃんは、はじけたように笑った。笑いすぎて、目に涙がたまった。おだんごに結《ゆ》った黒い髪が頭のてっぺんで揺れ、小麦粉をすくうスプーンは手から落ちた。あたりに白い雲がわきあがった。

「おやまあ、どうしてそんなことを思ったの？」

わたしは、顔が熱くなるのがわかった。ばかなことを聞いてしまったと思った。

「えー、ハナが、あんなおじさんのウェブスターさんと結婚するって、聞いたからかなあ」

おばあちゃんは、ふっくらした頰《ほお》から涙をぬぐった。

「おまえはハナじゃないでしょう。タイガー、本だのなんだのに関しては、おまえはよくできるけど、生きていくことに関しては、まだまだたくさん学ばなきゃいけないねえ」

わたしは、ジーンズのウエストのところにふきんのはしをはさんで、おばあちゃんが材料を混ぜるのを、じっと見ていた。おばあちゃんは、計量カップもスプーンも使わない。でもダンプリングズにはなにが必要か、わかっている――水が、牛乳が、小麦粉が、あとちょっとという具合に。きっちりわかっているのだ。まるで手が作りかたをおぼえているかのように。

その手と自分の手を、わたしは比べてみた。長くて細いわたしの指、短くて太いおばあちゃんの指。ほとんど静脈《じょうみゃく》の見えないわたしの手の甲《こう》。地図の道路みたいに、血管が青く浮きあがったおばあちゃんの手の甲。そんなおばあちゃんの手が、わたしは大好きだ。眠れない夜に、わたしの背中をなでてくれる手。わたしの涙をぬぐってくれる手。そうして今は、ご自慢《じまん》のダンプリングズの作りかたを、わたしに教えてくれている手。

おばあちゃんは、木製のめん棒に打ち粉《こ》をした。

「コツは、生地をこねくりすぎないこと。かたくなってしまうからね。あとはとにかく、うすくのばすこと。ぼてぼてしたダンプリングズなんて、おいしくないでしょ」

おばあちゃんが目を光らせている横で、わたしは生地の上にめん棒をのばした。やがておばあちゃんは、ラジオから流れてくる歌にあわせて、ハミングをはじめた。おばあちゃんがいてくれてよかった、とわたしは思った。

夕食が終わり、あとかたづけもすむと、わたしたちはポーチに出た。コオロギが鳴いている。チキン・アンド・ダンプリングズのにおいが、まだあたりにただよっている。

わたしは『若草物語』を朗読《ろうどく》した。聞きながら、かあさんがわたしの髪をやさしくなでてくれる。おばあちゃんととうさんはブランコにすわって、菜園からとってきたライマメ*2のさやをむいている。

読んでいた章が終わると、おばあちゃんが言った。

「明日はもう、残りのライマメをぜんぶとってしまわないと。山のようにあるけど、がんばらないとわるくなってしまうからね」

その晩、ベッドのなかで、わたしは自分に与えられたものに感謝《かんしゃ》するべきだった。でもわたしは、ハナがかわいそうだと思っただけだった。ハナには、わたしのように自分を愛してくれる家族がいない。たとえわたしのとうさんとかあさんが〈ゆっくり〉している人でも、おばあちゃんが、わたしたち全員の分の脳みそを備《そな》えてくれている。あとは、アビー・リンのくだらないプールパーティーなんて、どうでもいいと思いたかったが、これはうまくいかなかった。

指でそっとくちびるに触れながら、わたしは昼間にあったことを思い出していた。わたしだっていつかはファーストキスをするんだと、ずっと思ってきたけれど、まさかその相手が、ジェス・ウェイドだったとは。

急に、部屋のドアの下からうっすら明かりがさしてきた。廊下《ろうか》のむこうのおばあちゃんの部屋からだ。わたしは起きあがると、おばあちゃんの部屋のドアを、静かにノックした。

「どうぞ」おばあちゃんが言った。

部屋じゅうに、痛みどめマッサージクリーム〈ベンゲイ〉のすーっとするにおいが広がっている。おばあちゃんは横向きに寝て、聖書を読みながら左腕《うで》をマッサージしている。髪をおろし、老眼鏡は低い位置で鼻めがねになっている。

「眠れないの?」おばあちゃんが聞いてくれた。

「ううん、そうじゃないけど」

おばあちゃんがかけぶとんを持ちあげてくれて、わたしはとなりにもぐりこんだ。おばあちゃんはマッサージをつづける。やわらかな二の腕が、ゆらゆら揺れている。それからおばあちゃんは聖書を閉じると、めがねといっしょにナイトテーブルに置き、明かりを消した。

腕をマッサージするかすかな音と、ベンゲイのにおいが広がる闇《やみ》のなかで、おばあちゃんとわたしはならんで横になっていた。やがて、おばあちゃんが言った。

「おまえのかあさんの頭は、単純《シンプル》かもしれない。でもね、タイガー、かあさんの愛も、単純なんだよ。流れの速い、よどみない川と同じように、かあさんのなかから自然に流れでるの」
　このことばが、わたしの心をしずめてくれた。腕を上に、下にと、さする音を聞きながら、じきにわたしは眠りに落ちた。

　次の日、わたしは家の手伝いをすませると、セイター川《クリーク》にブラックベリーをつみに行った。そうして、五つつむごとに、ひとつ口にほうりこんだ。甘い果汁《かじゅう》が口いっぱいに広がる。これなら、おばあちゃんのジャムになったときには、どんなに甘くなるだろう。たくさんつめば、もしかしたらブラックベリーパイだって作ってもらえるかもしれない。
　かあさんの悲鳴が聞こえてきたのは、そのブラックベリーがちょうどバケツいっぱいになったときだった。それは、わたしを骨まで切りさくような悲鳴だった。

訳注＊1　鶏肉《とり》と、すいとんのような小麦粉の生地を四角くひと口に切ったもの（ダンプリングズ）を煮込んだ南部料理。
＊2　インゲンマメの仲間で、形や味はソラマメに似ている。日本では、気候のちがいもあってほとんど栽培《さいばい》されていない。

9

目の前の光景に、わたしはこおりついた。菜園にかあさんがうずくまって、「いや！　ママ、いや！」と叫《さけ》んでいる。かがみこんだかあさんの下には、おばあちゃんがたおれていた。おばあちゃんのあごには、つばの大きな日よけ帽のひもが結ばれたままだ。あたりのライマメのつるは編みあげブーツにふみしだかれ、そのそばにマメの入ったバケツが置かれている。投げだされた一方の手には、金属のふちのめがねがつかまれていた。

かあさんがわたしを見あげた。赤くみにくい顔だった。そして口もとが開いたが、響《ひび》いた声は、粉ごなに砕《くだ》けたガラスのようだった。「あたしのママ！」

口が開かれたまま、ことばはそこでとぎれた。あとは低いうめき声がもれてきただけだ。まちがって脚《あし》を撃《う》たれた犬のようなうめき声が。

わたしはその場に立ちつくした。足がどうしても前に出ない。心臓が耳のなかで鳴っているみたいだ。それでもよろめきながらうしろを向くと、とうさんを呼びに、トンプソン農園に向かって走りだした。近道をするために森を通ったが、つき出た大きな枝を何本もよけながら走り、切り株《かぶ》は飛びこえていった。胸が焼けつきそうで、息をするのも苦しかった。地面をける足が重くてたまらず、自分のせいで地震《じしん》が起きそうな気さえした。

苗木畑に着くと、トンプソンさんが救急車の手配をしてくれ、とうさんとわたしは製材所の近くのランドール医院に車を走らせた。

ランドール先生といっしょに菜園にもどると、おばあちゃんの日よけ帽はとられていた。かあさんはくずおれたまま、おばあちゃんの胸に頭をつけ、両肩にしがみついている。そうして頰《ほお》をぐしょぐしょにぬらして、泣きじゃくっていた。「ママ！　返事して！」

とうさんが、かあさんのとなりにひざまずき、指で髪をなでた。

「さわらないで！」

かあさんがどなった。

とうさんとわたしは、同時に飛びのいた。とうさんは顔をまっ赤にして、おばあちゃんを見おろした。

ランドール先生は、かあさんのとなりにしゃがんだ。でっぷりしたお腹《なか》がベルトの上にのっかる。先生はおばあちゃんの手首に触れると、黒い革《かわ》のかばんから聴診器《ちょうしんき》を取りだして、おばあちゃんの胸にあてた。先生のこめかみが脈打っている。やがてゆっくりと聴診器をはずすと、ぐるりと首にかけた。

それから先生は、かあさんの背中に手をやろうとしたが、引っこめて、自分のひざの上に置いた。とうさんを見あげたが、やはりためらい、けっきょくわたしのほうを見た。

「ミズ・ジュエルは、心臓発作《ほっさ》で亡くなられたようです」

「いや」かあさんが涙声でつぶやいた。

急に、とうさんが大声を出した。

「動くな、コリーナ!」

かあさんの身がすくんだ。

そうしてわたしは見た。

おそろしいサンゴヘビが、おばあちゃんのブーツの横で、とぐろを巻いているのを。全身に赤、黄、黒のはでな横じまが広がった毒ヘビだ。ランドール先生がわたしの手首をつかみ、わたしたちはいっしょにゆっくりとあとずさりした。

かあさんはとびあがって悲鳴をあげ、なんとかヘビから遠いところへ逃げようと、おばあちゃんの腕を引っぱった。何度も何度も。でもおばあちゃんのからだは、そのたびに少し上下するだけだ。おだんごにまとめた髪がくずれ、顔のまわりに落ちてきただけだ。

ヘビがからだをのばし、かあさんのほうに飛びかかった。

とっさに、とうさんが地面に落ちていた鍬《くわ》をつかんで、ふりおろした。あまりにすばやかったので、おばあちゃんの足もいっしょになくなってしまったかと思ったほどだ。とうさんは、おばあちゃんのブーツにあたらないぎりぎりのところで、くりかえし鍬をふりおろした。わずか数秒のあいだに、ヘビは切りきざまれた。それでもなお、胴体《どうたい》もとがった頭もぴくぴく動いていた。

とうさんの両目が、すっと細くなった。そうしてヘビの胴体の一部をつかむと、頭の上にふりかざした。血がとうさんの腕をつたった。

「とうとうやっつけたぞ、こいつを」

かあさんはおばあちゃんの肩をつかんでゆすりながら、すすり泣いていた。とうさんはヘビの胴体をつかんでは、森のほうへ投げ捨てた。

わたしは棒立《ぼうだ》ちになっていた。目の前でかあさんを見つめているのに、まるで映画を観《み》ているみたいだ。かあさんの顔は、長い髪がかぶさって見えない。その黒髪が、おばあちゃんをゆり動かすたびに揺れている。

遠くから、かすかなサイレンの音が聞こえてきた。近づくにつれ、どんどん音量はあがって耳が痛いほどだ。一年前、コナーズさんが病院に運ばれたときに、同じ音を聞いたことがある。あのときはこわかったのに、今はなにも感じない。やがて救急車は赤いライトを点滅《てんめつ》させながら、うちの私道に入ってきた。

そうして家の正面で止まると、ぴたりとサイレン音もやんだ。中から白い制服姿の男の人がふたり、飛びだしてくる。ランドール先生はうなずくと、ふたりに身ぶりで合図した。なにか耳うちもしたが、わたしには葬儀《そうぎ》会館ということばが聞こえただけだった。

男の人たちはおばあちゃんに近づいたが、かあさんは抵抗《ていこう》した。おばあちゃんの頭をひざに乗せてすわったまま、かあさんは、しわだらけのおばあちゃんの顔をなでつづけた。

ランドール先生が、かあさんの横にしゃがんだ。

「コリーナ、残念だが、きみのおかあさんはつれていかなきゃならないんだ」

かあさんは、両手でおばあちゃんのえりをつかんだまま、はげしく首をふった。

「いや！」かあさんは叫んだ。「いや、いや、いや！」

かあさんをおばあちゃんから引きはなすのには、とうさんとランドール先生と、ふたりの男の人たちの四人がかりとなった。かあさんは絶叫《ぜっきょう》し、みんなをけったりなぐったりしようとした。だがとうとう引きはなされて、おばあちゃんは四人に抱きあげられ、担架《たんか》に乗せられ、救急車のなかに運びこまれた。うしろのドアがバタンと閉まったとき、わたしのからだに震《ふる》えが走った。

かあさんは、走り去る救急車を追いかけた。そのうしろをとうさんが追いかけた。やがてかあさんが、つまずいてころんだ。かあさんは打ち負かされたようにこぶしで地面をたたきながら、赤いライトが見えなくなっていくのを、目で追った。そうしてそこで、動かなかった。泣きながら、明るい日差しをあびて。

その姿は、わたしの心にひどく大きな穴をあけた。ミシシッピ川でも流れこんでくることができそうなほど、大きな穴を。

とうさんの影が、かあさんに近づいた。そうしてかがみこむと、両腕でかあさんをつつみ込んだ。

かあさんはもう抵抗しなかった。とうさんの肩に頭をもたせかけ、つれていかれるままにポーチの階段をのぼった。

ランドール先生が、わたしの背中を軽くたたいてくれた。そして帽子を手に、先生も車にもどり、走り去っていった。さびたフォードから出る白い排ガスが、長くたなびいていた。わたしは急にひとりきりになった。

さっきまでの騒《さわ》ぎと興奮《こうふん》も、みんな終わってしまった。かあさんの悲鳴と泣き声。とうさんがヘビに打ちおろす鍬の音。救急車のサイレン。みんな消えてなくなり、あたりはしんと静かなばかりだ。胸にあいた大きな穴が、いっそううつろに感じられる。

わたしはオークの大木《たいぼく》の下に立ったまま、とうさんが古タイヤで作ってくれたブランコが、風に揺れるのをながめていた。あれに乗ったわたしを、おばあちゃんがバプテスト教会の賛美歌《さんびか》をハミングしながら、押してくれたのを思い出していた。

ついきのう、おばあちゃんはわたしに、ダンプリングズの作りかたを教えてくれたのだ。「頃合《ころあ》いだから」そう言っていた。おばあちゃんにはわかっていたんだろうか？

それからわたしは、夜、おばあちゃんが左腕をさかんにマッサージしていたことを思い出した。おばあちゃんは具合がわるかったにちがいない。それに気がつくべきだった。なのにわたしは、自分のことで頭がいっぱいだった。

わたしは泣きたかった。なにかしたかった。でもただ呆然《ぼうぜん》と、その場に立ちすくんでいた。なにもかも現実ではないみたいだった。目を閉じて十までかぞえ、それから目を開けたら、「ぼんやり空想にふけってないで、はたらきなさい」と、おばあちゃんのどなり声がしそうな気がする。

わたしは目を閉じた。一、二、三、四、五、六、七、八、九、十。

だが目を開けると、やはりブランコは風に揺れていて、おばあちゃんがたおれていた場所のライマメのつるは、押しつぶされたままだった。背中をおののきが走り、芯《しん》までわたしをゆさぶった。

しばらくのち、腕にだれかのやさしい感触《かんしょく》があって、わたしは顔をあげた。ブラザー・デイヴだった。雨が降りだしていた。髪がぬれ、服もぬれて、わたしは自分が泣いていることに気がついた。

ブラザー・デイヴはかさを開いて、わたしを入れてくれた。

「おいで、タイガー。中に入ろう」

かあさんの部屋のドアは、開いていた。かあさんがベッドにまるまって、泣いているのが見えた。ブラザー・デイヴがゆっくりとドアを閉め、かあさんの泣き声が遠くになった。

とうさんは台所を歩きまわっていた。手で髪をかきあげているが、がんこな赤毛の前髪は、そのたびに目の上に落ちてくる。

「ブラザー・デイヴ、どうすればいいんですか……人が死んだときには?」

なんでそんなことも知らないのよ、とうさん!

わたしはどなりたかった。なんでとうさんだけ、トンプソンさんやよそのおとうさんたちみたいじゃないのよ?

ブラザー・デイヴは、とうさんの骨ばった肩に手を置いた。

「ロニー、ドリー・ケイに知らせなくちゃいけないいんじゃないか？」

わたしは「あっ」と思った。とうとう自分にできることが見つかった。わたしは電話番号メモがしまってあるひきだしに走っていくと、メモ帳のカバーをパチンと開けた。そうして震える指で、長距離電話の番号をダイヤルし、とうさんに受話器をわたした。

とうさんの声も震えていた。

「ドリー・ケイ、ロニーです。あなたのおかあさんなんです、ドリー・ケイ。おかあさん、ゆうべポーチで、ライマメの残りをとらなきゃならないって言ってたんです」

とうさんは、そもそものはじめから話さないと、どう切りだしていいかわからないのだ。

「で、今朝《けさ》起きてコーヒーを飲んで『そう、畑に出てあのライマメをとり終えなくちゃ』って言って。ぼくはそれから仕事に行きました。そのあとタイガーが、わるさをした子たちみたいにこっちに走ってくるのを見たとき、なにかあったんだと思って……え？……タイガー？　ええ、ここにいます……ああ、わかりました」

とうさんが、わたしに受話器を差しだした。

「おばさんが、おまえと話したいって、タイガー」

わたしは、やっとの思いで声を出した。

「もしもし？」

ドリー・ケイおばさんの声は、ぶっきらぼうでいらいらしていた。

「タイガー、おばあちゃんがどうしたの？」

とっさにわたしは、答えたくなくて、大きく息をのみこんだ。答えたら、それでとり返しのつかない事実になってしまいそうでこわかった。でもこれは、もう事実なのだ。

「……死んだの」

しばらく間《ま》があってから、ため息が聞こえた。

「夕方、そっちに行くわ。あなたのかあさんとうさんには、私がぜんぶやるからって言っておいてちょうだい」

電話を切ると、わたしは妙《みょう》な気分になった。かあさんはベッドで目を泣きはらしているというのに、ドリー・ケイおばさんはちっとも悲しそうじゃなかったから。でももうじき、おばさんがわたしたちにその冷静さをもたらしてくれると思うと、少しほっとした。

一時間もしないうちに、わが家は、食べものを手にお悔《く》やみを言いにくる近所の人たちでいっぱいになった。ほんとうにたくさんの人が来た。

メイヨーさんは、玄関マットでブーツの泥《どろ》を落としもせずに入ってきた。わたしは反射的に「あ、おばあちゃんが怒《おこ》る」と思った。それから、はっとした。

小さな子たちはおかあさんの足もとにすわったり、ひざの上でだっこしてもらったりしている。ああ、わたしもあれほど小さかったなら。かあさんのひざによじのぼって、指でかあさんの髪をなでていられたら——。そう思いながらわたしは、かあさんの部屋の閉ざされたドアを、じっと見つめた。

トンプソンさんの奥さんが、まっすぐ歩いてきてわたしを抱きしめた。ジェス・ウェイドは壁《かべ》ぎわで、わたし以外の全員をながめていた。

「ああ、かわいそうに《マ・シェール》」

奥さんはフランス語まじりで、やさしくつぶやいた。わたしは抱きしめられたまま、奥さんのひんやりした指先が、頬《ほお》に触れるのを感じた。いつもなら、トンプソンさんの奥さんに抱きしめられるのはうれしいのに、きょうはちがった。少し前、かあさんがとうさんにどなったみたいに、わたしも「さわらないで」と言いたかった。それでもわたしはだまったまま、奥さんのからだが、岸から波が引くようにはなれるのを待った。

みんなが同じことを言った。「ご愁傷《しゅうしょう》さまでした」「コリーナはだいじょうぶ？」「なにか私たちにできることはない？」

とうさんも同じ答えをくり返した。

「ドリー・ケイが、ぜんぶやるって言ってたんで」

そのことばを聞くたびに、わたしはまたも叫びたくなった。

「なんでとうさんがぜんぶやらないのよ？」

叫ぶかわりに、わたしは玄関から外へ出た。ジェス・ウェイドが追いかけてきて、ちょうど門のあたりでわたしの手をとり、つつみ込むようにした。わたしはそれをふりはらい、ひとりで歩きつづけた。

そうして、ブランドといっしょに家の下にもぐりこんだ。ブランドは、みんなみたいに愛情をしめしたりはしなかったが、なにかがちがうと感じていたようだ。横になって、わたしの脚にわき腹をこすりつけると、耳のうしろをわたしにかかせてくれた。でもしばらくすると、さっとはなれていった。ブランドもわたしと同じように、あまりに触れられるのはかえっていやだったのだろう。

わたしはそこにかくれたまま、とまっていた車の最後の一台が走り去るのを待った。そしてトンプソンさんの車が帰っていくのを見つめながら、もしとけいの針を逆にまわして、時間をもどすことができるなら、と思った。そうしたらわたしは、いろんなことをやりなおす。くだらないプールパーティーのことはまっさきに忘れて、ジェス・ウェイドの前ではぜったいに泣かない。泣かなければジェス・ウェイドもキスなんかしないだろうし、キスなんかしなければ、わたしも彼をどなるかわりに、いっしょに野球ができただろう。そうしておばあちゃんのことを、うんと気づかうのだ。腕をマッサージした最初のときに、ランドール先生に電話して、往診《おうしん》してもらうようにたのむ。そしたら先生はなにか薬をくれただろうし、わたしも今こんな家の下で、ネズミみたいにしゃがんでいなくてもよかったのだ。

ぶらぶら庭のほうへもどっていくと、ほこりっぽい私道にまた一台車が入ってきた。わたしはライラックの茂《しげ》みにかくれた。これ以上、ぎゅっと抱きしめられたり、涙まじりのことばをかけられたりしたくない。でも、車からおりたのがドリー・ケイおばさんとわかったとたん、わたしは茂みから飛びだして、走っていった。

ドリー・ケイおばさんは、黄色いボレロ・ジャケットとワンピースを着て、黄色いパンプスをはいていた。そのつまさきに、わたしのよごれたはだしが届くと、両腕を広げてわたしを抱きとめてくれた。香水〈イヴニング・イン・パリス（パリの夕べ）〉がやわらかく香《かお》った。ふうっとわたしは安心した。

わたしはおばさんと、腕を組んで家のほうへ歩いていった。

「もうだいじょうぶだからね」

おばさんは静かにそう言い、わたしも、きっとそうだと思った。

おばさんは、まずかあさんの部屋へ行き、ドアを閉めた。かあさんの泣き声の合い間に、なだめるようなおばさんの声がもれ聞こえてくる。でもなにを言っているかはわからない。

そうやってドアのむこうに耳をそばだてているあいだに、とうさんは、おばあちゃんの菜園でライマメの残りをとっていた。けっして仕事をやり残すことのなかったおばあちゃんのことを、とうさんは考えていたのだろう。

おばあちゃんのいすには、ひじかけのところにまだエプロンがかかっていた。ぎゅっとのどが痛くなって、わたしは涙をこらえた。そうしていすまで歩いていくと、エプロンを手にとり、頬ずりした。エプロンは、タバスコとチキン・アンド・ダンプリングズのにおいがした。

おばあちゃんは、もういないのだ。なにか悩《なや》みごとや問題があったとき、おばあちゃんほど親身《しんみ》に聞いてくれる人はいなかった。おばあちゃんは耳だけでなく、心でも話を聞いてくれた。

かあさんの暗い部屋のドアが、ようやく開いた。ドリー・ケイおばさんは、片手に黄色いパンプスを持ってぶらつかせ、もう一方の手にはメモ帳を持って、リビングに入ってきた。

「タイガー、アレクサンドリアの電話帳を持ってきて」

わたしはおばあちゃんのエプロンを、元どおりふわりとひじかけにかけてから、おばさんに電話帳を持っていった。

おばさんは、フォーマイカのテーブルのところからいすを一脚《いっきゃく》引きずっていき、電話のそばに置くと、ダイヤルしはじめた。ひとりにかけ終わると、メモ帳に書いたその人の名前を線で消し、次の人にかける。

おばさんは、まずお棺《かん》を選ぶ時間を予約するのに、葬儀《そうぎ》会館にかけた。次に、おばあちゃんの死亡記事をのせるために、新聞社にかけた。おばさんがなにも見ずにすらすら文章を言うので、わたしはびっくりした。それからブラザー・デイヴにかけ、お葬式の日時を告《つ》げた。これにはもっとびっくりした。ブラザー・デイヴになにかを「告げる」なんて。そんな人はこれまでだれもいなかった。みんな「お願いする」のだ。

そのあとは花屋さんにかけて、白いカーネーションをたくさん注文。そしてジェニングズさんの姉妹にかけて、お葬式で「アメイジング・グレイス」を歌ってもらう手配——これが、おばあちゃんのいちばん好きな賛美歌だった。

ふとお腹《なか》が鳴って、夕食の時刻になっていることに気がついた。お昼にはなにも食べなかったことにも。テーブルにはトンプソンさんが持ってきてくれたハムと、ミズ・ユーラのインゲンマメ、それにパイが二、三種類のっている。わたしは冷蔵庫から、明るいターコイズブルーのボウルを出して、チキン・アンド・ダンプリングズを鉄製のダッチオーヴン[*1]に入れた。とうさんが薪《まき》を持ってきて、コンロをあたためてくれた。

ドリー・ケイおばさんは、最後の電話をかけ終わると、深く長いため息をついて、自分で首のうしろをもんだ。はだしになっていて、ストッキングは靴《くつ》のなかにまるめられている。

「タイガー、このにおい、おばあちゃんのダンプリングズ?」

「うん。もうテーブルに出してある」

「そう。ああ、お腹がすいた。食べましょう」

さっきダンプリングズをかきまぜていたとき、ゆうべはおばあちゃんが同じことをしていたのだと思うと、それだけでわたしは、のどに悲しみのかたまりが痛くこみあげてくるようだった。けれどドリー・ケイおばさんは、べつにただの食事がまた一回きただけみたいにふるまっている。

わたしは、ダーリー・リーヴズのおかあさんのお葬式の話を、おばあちゃんにしたときのことを思い出した。式のあとはみんなで墓地《ぼち》に行き、死者を起こすまいとするかのように、静かな声でしゃべった。ところがダーリーは、年下の子どもたちとはしゃいで、運動場の木々のまわりを走るみたいに、笑い声をあげながらお墓《はか》のあいだを走りまわっていた。

おばあちゃんは、こう説明してくれたっけ。

「人はいろいろなやりかたで、死と向きあうの。ときには変なふるまいかたに見える人もいる。でも心の内側は、みんな同じ。悲しみで張りさけそうなのよ」

きっとドリー・ケイおばさんのふるまいも、おばさんなりに、張りさけそうな心をなんとかしようとしてのことなのだ。


次の日の朝、かあさんは部屋から出てこなかった。朝食が終わると、ドリー・ケイおばさんが勢いよく部屋に入っていき、ブラインドを上げた。

「いいかげんにしなさい、コリーナ。起きる時間よ。しなくちゃならないことがあるでしょう」

わたしはドアのそばに立って、そっと中をのぞいていた。かわいそうなかあさん。おばあちゃんがいなくなって、いったいこれからどうやって、いろんなことを切りぬけていくんだろう？

かあさんは、頭の上までシーツをかぶった。

「ママ死んじゃった」泣き声だった。「天国に行っちゃった」

ドリー・ケイおばさんは、両手を腰にあててベッドの前に立った。

「そうよ、コリーナ、ママは死んだの。でもあなたは生きてる。ロニーも生きてる。私も生きてる。タイガーもそう。めんどうを見なきゃいけない子どもがいるのに、ベッドから起きてこないおかあさんがいる？　タイガーが悲しくないとでも思ってるの？」

白いシーツがゆっくり下がって、かあさんのはれた顔ともつれた髪がのぞいた。ふたつの目も現れた。ぱんぱんにふくらんだ袋にあいた、細い切れ目のようだった。それからかあさんはベッドの上にすわり、からだを前後に揺らしながら、泣き声をおさえようと手を口にあてた。だがすぐその手も落ちて、すすり泣きがもれてきた。

「ああ、どうしよう！　わたしわるいおかあさんだった。タイガーがきっと怒《おこ》る」

わたしはベッドまで走っていき、かあさんのとなりにすわると、細くて棒《ぼう》みたいな自分の両腕をかあさんの肩にまわした。

「怒ってなんかいないよ。それにかあさんは、わるいおかあさんなんかじゃない。悲しくてたまらなかっただけだよね」

わたしたちはそうやって抱きあったまま、長いあいだ、いっしょにからだを揺らしていた。古い羽毛《うもう》マットレスのベッドの上で、長い、長いあいだ。やがて、かあさんが泣きやんだ。そしてドリー・ケイおばさんは、リストに書きだしたたくさんの用事をかたづけるため、部屋から出ていった。

訳注＊1　ふたのついた重いなべ。

10

お葬式《そうしき》で、わたしは泣かなかった。かあさんととうさんのために、わたしは強い子でなくてはならなかった。棺《ひつぎ》のなかで、紺《こん》色のドレスをまとったおばあちゃんの手は、いっそう白く見えた。ドレスは一年前に、ドリー・ケイおばさんがバトンルージュから送ってくれたものだ。でもおばあちゃんは、それに一度もそでを通さなかった。

郵便屋のホラスがあの大きな箱を持ってきた日、わたしはうれしさと期待で、どんなに胸が高鳴ったことだろう。箱にはわたし用のペチコートも入っていた。でもペチコートに合わせるフレアスカートを、わたしは一枚も持ってはいなかった。

おばあちゃんはといえば、箱を開けるなり、すっぱくなった牛乳をひと口飲んでしまったときみたいに、口もとをゆがめたものだ。

「セイターじゃ派手《はで》すぎる。こんなのを着てるところ、見られたくないもんだね」

白いレースのえり、ずらりとならんだ大きなパールのボタン、すそがプリーツになったスカート。

お葬式の前の日、ドリー・ケイおばさんはおばあちゃんのたんすを開けて、ハンガーにかけられたつましい衣類を順番に見ていった。まずいつもの木綿《もめん》のワンピースが何枚か。そのとなりに、教会に行くときの黒いスカートと白いブラウス。それからいちばんはしに、あの紺のドレスがあった。まだ値札のついたまま。ドリー・ケイおばさんの顔色が、さっと変わった。そしてみるみるうちに、二十年も老《ふ》けたみたいになった。ほんとうに。

おばさんはドレスを引っぱりだすと、今度はおばあちゃんの裁縫箱《さいほう》からはさみをさがしだして、頬のあたりをこわばらせたまま、値札の糸を切った。

「着せるのにふさわしいのは、これだけだから」

お葬式のあいだ、オーティスと家族のみんなは、教会のいちばんうしろに立っていた。ミニーとアブナーは日曜日のよそゆきを着て、ミニーはふたつに編んだおさげに、新しいリボンをつけていた。おかあさんのウィリー・メイは、ミニーのうしろに立って、ひたすら床を見つめていた。

外に出ると、アビー・リンがおかあさんにうながされながら、わたしのところにやってきた。そうしてわたしの左肩のむこうに目をやったまま、はっきりしない声で言った。

「おばあさんのこと、お気の毒でした」

お葬式のあとは、おばあちゃんが死んですぐのときより、もっとたくさんの人がうちにつめかけた。食べものと、泣いている赤ちゃんと、お悔《く》やみのことばとともに。いなかったのは、オーティスとその家族だけだった。

台所のテーブルには、いろんな料理のお皿がびっしりならんだ。タレがぬられたつややかなハム、野菜を散らした蒸《む》し焼きの肉、ポテトサラダ、肉汁《にくじゅう》入りクリームソース、キュウリのサラダ、カラシ菜《な》、ごはん、ガンボ。

デザート類は、カウンターの上。バターミルクパイ、チョコレートケーキ、イチジクのケーキ、ブラックベリーパイ。まるでセイタ―じゅうの女の人が、品評会《ひんぴょうかい》の一等賞をきそっているみたいだ。

それらすべてを、近所の人たちが持ってきてくれたのだ。わたしたちの心にあいた大きな穴が、食べることでふさがりでもするかのように。でも、ものを食べるのは、そのときわたしがいちばんしたくないことだった。悲しい顔の群《む》れと、わたしを抱きしめる腕から、わたしは逃げだしたかった。

ドリー・ケイおばさんは、よその女の人たちと、チコリのコーヒーをいれたりお皿を洗ったりで、大いそがしだ。わたしは手伝おうとしたが、トンプソンさんの奥さんにさえぎられた。

「いいのよ、タイガー。洗いものは私たちで間《ま》にあってるから」

かあさんはソファで、さめざめと泣いている。右側にはミズ・マートルがすわって、赤ちゃんの背中をさすってげっぷをさせるときのように、たえまなくかあさんの手をさすっている。左側には、骨ばった足首を組んで、きどったすわりかたのミズ・ユーラ。こちらはかあさんのひざをなでている。「よしよし」とくり返しながら。

わたしは、その手をはらいのけて「よしよし」と言いかえしてやりたかった。かわりに部屋を出た。そうしてオムツがえを求めて泣く赤ちゃんと、おかあさんたちが集まっているポーチに立った。むっとする熱気が外から押しよせてきた。

そこにはハナもいた。おんぶしたウェブスターさんの子どもが、背中で泣きわめいている。ハナはなんとかあやそうとゆすっているが、その振動《しんどう》でかえって泣き声が響《ひび》きわたっている。ハナの顔は、これまでにないほど悲しそうだった。

庭ではとうさんが、両手をポケットにつっこんで、男の人たちと立っていた。でも前髪がしつこく落ちてくるので、ときどき片方の手を出してかきあげている。

アビー・リンと女の子たちは、ミモザの木の下にすわって、ないしょ話をしたり笑ったり。わたしは、だれかが自分のほうへやってくるたびに、なにげなくからだの向きを変えては逃げた。でも追いかけてくる声からは、逃げきれないことがあった。

「あなたのおばあさんは、すばらしいご婦人だったわ」

「あなたのおばあさんは、強い女性だった。おじいさんが亡くなったときも、だれからも施《ほどこ》しを受けなかったのよ。そうして自分で仕事を見つけ、自立したの」

「ジュエルはいいおかあさん、いいおばあさんだったわね。神さまは、彼女がどんなに苦労したか、ごぞんじよ」

わたしは網戸《あみど》のドアをすりぬけると、小川《クリーク》に向かった。ジュエル・セイター・ラムジーについて、わたしがこれまで知らなかったことを言ってくれた人は、だれもいなかった。わたしがひとつだけ聞きたいと思っていたことを言ってくれた人も、だれもいなかった——「起きなさい、タイガー、これはわるい夢なのよ」わたしは、そう言ってほしかったのだ。

これまでの人生で最悪の日々を、わたしはだれと分かちあっていけばいいのだろう？　おばあちゃんがいれば、ものごとはいつもきちんとおさまった。ちょうど、おばあちゃんがしまっていた缶《かん》づめみたいに。きれいに、機能的《きのうてき》に。たいていの家では、トウモロコシやゼリーと、エンドウマメとは別べつにしまう。でもうちではひとまとめにしてある。トウモロコシとエンドウマメの料理をする日に、いつもピクルスやゼリーも食べるからだ。

「こうしておけば、さがしまわらなくていいでしょ」

おばあちゃんはそう言っていた。

同じように、よくこんなふうにも言ってくれた——悩《なや》んでもしかたのないことで悩むのは、やめなさい。

「悩むなら、自分で変えられることについて悩みなさい。そのあとは、もう悩んでいないで、なにかできることからはじめるの」

わたしは丸太に腰かけて、羽虫《はむし》たちが水面に触れながら飛んでいるのを見つめていた。ふと、やぶがざわめいて、わたしはびくっとした。

「タイガー・アン？」

暗い水に、ジェス・ウェイドがうつった。わたしは息をのんだ。ジェス・ウェイドは、わたしのまうしろに立っていた。わたしは水面に目をやったまま、聞いた。

「なに？　今度はなんの用？」

だれかに立ち聞きでもされていないか確かめるように、彼は急いで道のほうをふり返った。わたしはそれもじっと見ていた。

「ごめん、タイガー・アン。ぼく、キスなんかするべきじゃなかった。こんなに早くは、ってことだけど。いきなりで、おどろかせちゃったよな」

「いきなりでおどろかせちゃった？　ジェス・ウェイド、わたしのこと、そんなふうに思ってなかったくせに。どうしてあんなまねして、なにもかもだいなしにしたのよ？」

「タイガー、じゃあぼくはどうすればいいんだよ？　もう野球はしない、キスもいや。ぼくに消えろっていうのか？」

「今そういうこと話したくない」

「ああ。ミズ・ジュエルのこと、大変だったね……。ぼくにとっても、ほんとのおばあちゃんみたいだった」

わたしはふり向いて、ジェス・ウェイドをまっすぐにらみつけた。彼が目をそらして、うつむくまで。

「あんたのじゃないでしょ。わたしのおばあちゃんだったの。だからほっといてよ！」

こんなことを言っちゃいけないと、心のどこかで思いながらも、どうしようもなかった。

ジェス・ウェイドは、傷ついたようだった。とまどってもいるようだった。それからそのまま、まわれ右をして帰っていった。そのうしろ姿がどんどん小さくなって、家のなかに消えるまで、わたしは彼を目で追っていた。わたしのなかには、ジェス・ウェイドがもっといっしょにいてくれたらよかったのにと思う自分と、いなくなってせいせいしたと思う自分の、両方がいた。

小川《クリーク》のほとりにすわっていると、何時間もがほんの何分かのように過ぎていった。小石で水きりをしたり、手足に寄ってくる蚊《か》をたたいたりしているうちに。

帰り道、道と小川のあいだはやぶが茂っていて、わたしの姿はだれからも見えなかったことだろう。でもわたしには、枝の合い間からずっとわが家が見えていた。

うちの前にとまっていた車の、最後の一台が走り去ると、とうさんが叫んでいるのが聞こえてきた。

「ターイガー！」

空には雲が広がってきていた。あたりがうす暗くなり、急に風もひんやりして、夕立《ゆうだち》が近づいているようだ。とうさんは鉄製の門の前で、両手をポケットにつっこんで、わたしを待っていた。髪は風で乱《みだ》れ、細い両脚のまわりでは、だぶだぶのバギーパンツがはためくように揺れている。

とうさんが、わたしを抱きよせた。力づよい腕に、わたしはつつみ込まれた。

「おばあちゃんが死んだなんて、つらいな、タイガー。ほんとにつらい」

その日はじめて、わたしは、声をあげて泣いた。

11

次の日、わたしは台所のスツールに腰かけて、ドリー・ケイおばさんがとうさんに、小切手の書きかたを教えてくれるのをながめていた。テーブルの上には、請求書《せいきゅうしょ》の入った封筒《ふうとう》が山のように積みあげられ、それをはさんでふたりがすわっている。

はじめのうち、ドリー・ケイおばさんの声はやさしく、がまんづよかった。

「いい？　なにもかも、あなたのためにきちんと書いてあるのよ。とってもかんたん」

そうしておばさんは、請求書の合計金額を小切手に書いてみせ、とうさんににっこりしてみせると、言った。

「あなたの番」

とうさんは、請求書を一枚取りながら、頭をかいた。表情がぎこちない。どぎまぎしているのだろう。洗ったばかりでぬれている髪を、さかんに手でかきあげている。

「よくわかんないな」

とうさんの耳が赤くなった。どうしていいかわからないのだ。

ドリー・ケイおばさんは、ため息をついた。そうして大きな声を出した。とうさんの耳がよく聞こえないかのように。

「ロニー、金額の合計は、ちゃんと請求書に書いてあるでしょ。どうしてそれがむずかしいの？」

とうさんの耳が、まっ赤になった。

「でも、どうしてこんなにいっぱい数字が書いてあるんだ？　はらうのは、このなかのひとつだろ？　はらわなきゃいけないぶんよりたくさん、支払《しはら》わなきゃいけないみたいだな」

ドリー・ケイおばさんは首をふると、両手のなかにおでこをうめた。

わたしは立ちあがった。

「どうやるのか教えて。わたしが請求書をかたづける」

わたしはこまっているとうさんを、救いだしたかった。とうさんは、仕事で挿《さ》し木を何本作ったか、うちのニワトリが何個卵を産んだか、きちんとわかるのだ。でも紙に書かれた数字が相手だと、金《かな》しばりにあったようになってしまう。

とうさんの数字恐怖症《きょうふしょう》は、とうさんの母親のせいだと、おばあちゃんは言っていた。とうさんが小学二年生のとき、どうして算数が終わらないんだと先生に聞かれたことがあったという。するととうさんは両手をポケットにつっこんで、こう答えたそうだ。

「かあさんが、ぼくは〈ちえおくれ〉だからだって」

字を読むことも、とうさんにとっては、かんたんではなかった。わたしがはじめて本を読みだしたころ、とうさんにこう聞かれたのをおぼえている。

「そのいっぱい書いてある字、ページの上で踊《おど》ってるだろ?」

わたしが「踊ってない」と言うと、とうさんはほっとしたようすになって、にっこり笑い、わたしの頭をなでてくれた。

「それはよかった」とうさんはそう言った。「ほんとによかった」

今、ドリー・ケイおばさんは、わたしをじっと見てから、とうさんのほうを見やった。とうさんは、金額がこちらに飛びだしてきてくれるのを待っているかのように、請求書を見つめている。

おばさんは頭をふると、もう一度ため息をついた。

「あなたはそんなこと気にしなくていいのよ、タイガー。学校の勉強がたくさんあるでしょう」

でもおばさんは、けっきょくあきらめた。そうしてブラザー・デイヴに電話をすると、労働奉仕《ろうどうほうし》を申し出て、この件《けん》をたのんだ。つまり、月づきの請求書の小切手をブラザー・デイヴに書いてもらうかわりに、とうさんが教会の庭で芝刈《しばか》りをするのだ。

こういうの、屈辱《くつじょく》的だろうなと、わたしは思った。

ところがとうさんは、こう言った。

「ブラザー・デイヴのためなら、喜んで教会の芝刈りをするさ」

そうして口笛《くちぶえ》を吹きながら出ていくと、玄関から納屋《なや》へまっすぐ向かい、芝刈り機を取りだしたのだ。

わたしは、ずっと床を見つめていた。とうさんをかわいそうに思う気持ちと、恥《は》ずかしく思う気持ちが、ぶつかりあってうずまいていた。

ドリー・ケイおばさんが、網戸《あみど》のドアまで行って、大声を出した。

「ロニー、今すぐじゃないの。来週からの話なの」

台所にもどってきたおばさんの顔は、不安そうになっていた。

そのとき電話が鳴った。おばさんが取ったが、しばらくするとこんな声が聞こえてきた。

「それはもう、タイガーにはなによりだと思います」

でもわたしと目が合うと、こうつけ加えた。

「タイガーはもちろんお役にたてればと思っているでしょうが、念のため、本人に聞いておきます」

受話器を置くと、おばさんは言った。

「ウドロー・トンプソンさんが、これから夏の終わりまで、苗木畑でちょっとお手伝いしてくれる人がほしいんですって。あのすてきなカメリア〈ルイジアナレディ〉で、なにか大きなことをめざしてるのね。それであなたがお手伝いに行けるかどうか、聞いてきたのよ。どうする?」

それが、ジェス・ウェイドに会うということでなければいいけど、とわたしは思った。彼に言ってしまったあれこれで、わたしの胸には暗い穴があいていたからだ。それなのに、気がつくとこう答えていた。

「わあ、行きたい」

「じゃ、お返事しておくわ」ドリー・ケイおばさんが言った。「アルバイト代も出るのよ、もちろん。お手伝いがはじまったら、あなたの気持ちもそっちに向くだろうしね」

そのあと、わたしはソファに寝そべって本を読んだ。かあさんはまくらにすわって、テレビでアニメを見ていた。かあさんの髪はじっとりとし、近くに行くと、すっぱくなった牛乳みたいなにおいがする。お葬式以来、お風呂にも入らないし、ねまきも着がえようとしないのだ。

ドリー・ケイおばさんが、横になっているわたしのはだしの足をちょっと持ちあげて、その下にすわった。それからわたしの足の裏をくすぐった。

「タイガー、ふたりでアレクサンドリアに映画観《み》に行こうか」

「アレクサンドリアに?」

「お昼の回に間《ま》にあうと思うの」

映画が観られるなんて! 両脚が、どんと床に着地した。

「うん、行く!」

映画館の看板《かんばん》には、「パリの恋人」と書いてあった。主演はオードリー・ヘップバーン、そしてフレッド・アステア。

わたしたちは、外の長い列にならんだ。ロビーから、ポップコーンを売る機械の音が聞こえてくる。ようやくチケット売り場の窓口に着くと、チケットを二枚買った。

それから今度は、場内売り場の列にならんでいると、そばを黒人が何人か通りすぎて、映画を観るために二階にあがっていった。小さな子どもたちがふり返って、列にならんでいるわたしたちを見た。

うす暗い館内で、わたしたちは折りたたみ式のいすを下げてすわった。深紅《しんく》のカーテンが目の前だ。わたしは厚紙の入れものからポップコーンをつまみ、ラージサイズのコーラを、ドリー・ケイおばさんと分けあって飲んだ。

やがてカーテンが開き、あわく銀色に光る大きなスクリーンが現れた。ミス・ヘップバーンを見つめていると、わたしの悩《なや》みも消えていくようだった。わたしと同じような長い首。ほっそりした全身は、マリリン・モンローやジェーン・ラッセルのような女優たちの、曲線豊かなスタイルとはちがう。もしかしたらわたしも、そんなに悲観《ひかん》しなくていいのかもしれない。

映画が終わると、わたしは立ちあがってぐっと両腕をあげ、伸《の》びをした。

「ミルクシェイクでも飲んでいく?」

ドリー・ケイおばさんが言った。おばさんときたら、なんでもない一日を、特別な休日に変えてしまえるのだ。

ドラッグストアの喫茶《きっさ》コーナーまで、わたしたちはのんびり歩いていった。カウンターはぴかぴか光っていた。わたしはスツールにすわると、ぽっちゃりしたウェイトレスが、チョコレートアイスをすくって細長いミキサーに入れるのを、ながめていた。そばのボックス席では、十代の女の子たちが、コーラフロートにさしたストローをにぎやかに吸《す》っている。みんなおしゃれで、かわいいプードルの柄《がら》が入ったフレアスカートをはいている。

わたしはミルクシェイクを飲みはじめたが、ふと窓に、黒人の男の子が顔をつけて、わたしを見ているのに気がついた。まつげがくるりとカールした男の子だった。わたしは飲みものから、口をはなした。次の瞬間《しゅんかん》、その子はおかあさんに手をつかまれて、引っぱっていかれた。

なんだか急に、ミルクシェイクの味がしなくなってしまった。わたしは店のなかを見わたしてみた。人でいっぱいだ。でも、みんな白人。映画館のことを思い出した。ドリー・ケイおばさんとわたしは一階にすわって、ポップコーンを食べたりコーラを飲んだりしていたのに、黒人の観客たちは二階にあがっていったのだ。

ドリー・ケイおばさんにこのことを話してみたかったが、それ以上に、せっかくの楽しいひとときを、ほんの少しでもだめにしてしまいたくなかった。すてきなおばさんといっしょにいるのが、わたしは誇《ほこ》らしかった。上等のストッキングをはいているおばさん。口紅《くちべに》の色があせるたび、ハンドバッグから口紅ケースを出して、鏡も見ずにさっとぬりなおすおばさん。

そんなおばさんがバトンルージュに帰ってしまったら、わたしはセイターで、どうやって生きていけばいいのだろう？　アビー・リンのパーティーが終わってしまった今となっては、あの子ともほかの女の子とも、そう仲よくなれる見こみはない。

ミルクシェイクの最後の何滴《なんてき》かを、コップの底からすすりながら、わたしはおばあちゃんもドリー・ケイおばさんもなしで、どうなるんだろうと考えた。請求書は、ブラザー・デイヴがやってくれる。でもごはんを作ったりそうじをしたり、わたしの相談相手になったりするのは、だれがやってくれるというのだろう？

ストローでチェリーをつついていると、ドリー・ケイおばさんがスツールでぐるりとこちらに向いて、わたしの腕に触れた。それから、やさしく静かな声がした。

「タイガー」

「なあに？」

「私といっしょに、バトンルージュで暮らしてみない？」

12

アレクサンドリアからの帰り道、わたしは車のなかで、ドリー・ケイおばさんと暮らすこと以外なにも考えられなくなっていた。転校すれば、新しい友だちもできるかもしれない。それにバトンルージュの人は、だれもかあさんととうさんのことを知らない。

「バトンルージュって、どんなところ?」わたしは聞いてみた。

「ああタイガー、きっととっても気に入るわ。いろんなお店がたくさんあって、アレクサンドリアが小さく思えるほどよ。ルイジアナ州立大学は、私のマンションのすぐ近くだし。フットボールのチケットも買えるの。〈ファイティング・タイガース〉はすごいんだから。あそこの試合を見なくちゃ、フットボールを見たことにはならないぐらい」

フットボールの試合なんて、わたしは一度も見たことがない。セイターでおこなわれるスポーツは、バスケットボールと野球だけだ。

ドリー・ケイおばさんはハイウェイを運転しながら、窓のむこうを見つめていた。バトンルージュのことを話すとき、おばさんはうっとりした声になる。はじめてわたしは、おばさんがセイターをふるさとだとは思っていないことに気がついた。もうずっと前に、バトンルージュでのときめきと引きかえに、セイターを心のなかで手ばなしたにちがいない。

「わたしのマンションはね、街の中心部からほんの二、三分のところにあるの」ひと息ついてから、おばさんはつづけた。「州議会の議事堂にも、つれていってあげるわね。わたしの上司、アンクル・アールに紹介《しょうかい》してあげる」

アンクル・アールというのは、州知事アール・K・ロングのニックネームだ。

おばさんはつづける。

「バトンルージュには、きれいな公園もたくさんあるわ。私たち、そういうところでピクニックするのもいいわね」

おばさんの話を聞いていると、なにもかも胸のわくわくするようなことに思えてくる。でもひとつだけ、わたしの心に重くのしかかっていることがあった。

「かあさんととうさんは、なんて言うかな？　わたしを行かせたがらないと思うけど」

ドリー・ケイおばさんは、赤いマニキュアをぬったつめでハンドルを軽くたたきながら、バックミラーに目をやった。

「それは私にまかせて」

「でもどうやって説得するの？」

車は道をまがり、ふみきりをわたって、わたしの学校の横を過ぎていく。

「ひとつにはね、タイガー、もし私といっしょに暮らせば、あなたは私立の学校に行くことができると思うの」

「でも、すごくお金がかかるんじゃない？」

言ってから、わたしは思わずつばを飲みこんだ。ばかな質問をしたのでなければいいけど、と思った。

おばさんは、やさしくすばやくわたしの頭をなでた。

「そんなこと、あなたが心配しなくていいのよ。わたしには、しかるべき友人がいろいろいるんだから。でもあなたのおかあさんに話すには、たしかにあんまりいいタイミングじゃないわね。せめてもう少し元気になるまで、待ったほうがいいな。〈なにごとも一歩ずつ〉これ、わたしがいつも言ってることよ。そのあいだ、あなたは苗木畑のアルバイトをがんばればいいし、わたしはマグノリアをお手伝いに来《こ》させるわ」

「だれ、それ？」

「マグノリアはね、うちの黒人のお手伝いさん。きっとこの話には、なかなか首をたてにふってくれないだろうけど、この夏だけのことだって言えば……そうしたら、それまでにはあなたのおかあさんも、ふつうに――」ちらりと、おばさんがわたしのほうを見た。「いつものように、なるわね。そうだ、ねえ、マグノリアをつれてくるのに、あなたもいっしょにバトンルージュへ来てみない？

そうして二、三日うちに泊《と》まれば、新しい生活の雰囲気《ふんいき》もつかめるじゃない？」

新しい生活。なんてすてきな響《ひび》きのことばだろう。けれど罪悪感《ざいあくかん》がわいてきて、喜びは消えていった。

「でも、かあさんはどうするの？」

「昼間はミズ・ユーラが見にきてくれるわ」と、おばさん。「そうして夜は、おとうさんが帰ってくるでしょう」

ミズ・ユーラのちらかった家が頭に浮かんで、おばあちゃんがお墓《はか》のなかでのけぞってるだろうな、と思った。それでも、わたしはバトンルージュのドリー・ケイおばさんの家に、どうしても行ってみたかった。

「バトンルージュに来たら」おばさんが言った。「私が街を案内してあげる」

おばさんは、はなやかににっこり笑った。この真珠《しんじゅ》みたいな白い歯を、歯みがき〈グリーム〉*1の会社の人が見かけたら、その場でおばさんはコマーシャルに採用《さいよう》されるにちがいない。

わたしもにっこりほほえみ返した。前歯にポップコーンのかけらがくっついていないかどうか、舌《した》でぐるりとなめてみてから。

おばさんが、わたしのわき腹をそっとつついた。

「だいじょうぶ。わたしがいろいろコツを教えてあげるから」

車はわが家へつづくまがりくねった道に入り、郵便受けの前で止まった。

「さあ、ちょっと行って、郵便を取っていらっしゃい」

ドリー・ケイおばさんは、なにか〈任務《にんむ》〉ができると、まわりじゅうが輝《かがや》きはじめるみたいだ。家のなかへも、はずむような速足《はやあし》で入っていったが、おかげで床に横たわっていたかあさんに、あやうくつまずくところだった。かあさんは、あいかわらず同じねまき姿のまま、まくらに頭をのせて、悲しげな目でテレビをながめていた。

「いいことがあるの、コリーナ。あててみて」

おばさんがいきなり言ったので、わたしは息が止まりそうになった。

「なに？」

かあさんはテレビに目をやったまま、やっとのことで聞いた。

「ここにお客さんが来るの。私のところのそうじをしてくれてるマグノリアよ。それでここのめんどうを見てくれるの。いいでしょう？」

かあさんは、無言《むごん》だった。

「あなたを、女王さまみたいにもてなしてくれるわよ。お料理をして、そうじして、洗濯もしてくれるわ」

かあさんは、ただテレビを見つめていた。

「そうしてもっとすごいのはね、その人をむかえに、タイガーが私といっしょにバトンルージュへ行くってことなの」

かあさんの目に生気《せいき》がやどって、さっとわたしを見た。わたしはうつむいた。

「帰ってくる？」かあさんが聞いた。

わたしは息をのんだ。

「あたりまえじゃない、かあさん。ほんの二、三日行ってくるだけよ」

ドリー・ケイおばさんが、両手をこすりあわせた。

「あなたを訪《たず》ねてくれるように、ミズ・ユーラに電話してみるわね。それからオーティスの奥さんにも電話しないと。えっと、なんていう名前だっけ？」

「ウィリー・メイ」わたしが答えた。

「そうそう。まずウィリー・メイに電話して、黒人街にマグノリアの泊《と》まれるところがあるかどうか聞いてみるわ。ミズ・ユーラにかけるのは、そのあとね。あーあ、あのはてしないおしゃべりに、つかまらないといいいんだけど」

ドリー・ケイおばさんは台所へ歩きながら、わたしたちにというよりも、自分に向かってしゃべっているみたいだった。頭のなかで、次にやるべきことのリストをもう作っているのだろう。

わたしはかあさんの横にひざまずき、べとべとしてきたかあさんの頭に手を置いた。

「ねえ、かあさん。わたしがドリー・ケイおばさんとでかける前に、なにをしたいかわかる？かあさんの髪の毛を洗いたいの。いい？」

「あー」

ぼんやりしたまま、かあさんがなにやら声を出した。

「きょうはお日さまがきらきらして、ほんとにいい気持ちよ。外で洗おうよ」

わたしが手を差しだすと、そこにかあさんが手をすべりこませた。そうしてようやく立ちあがったが、足はふらついていた。

庭に出ると、かあさんはいすにすわり、わたしはその目の上にタオルをかけてあげた。それからコンロであたためた井戸水《いどみず》で、かあさんの頭を流した。太陽が照りつけるなか、わたしはかあさんのもつれた髪の毛をシャンプーした。石けんが白くあわだつのを見つめていると、ブラザー・デイヴがいつか言っていた、りっぱな理由のためのよいおこないについての話がよみがえってきた。今、わたしがこうしてかあさんの髪を洗っているのは、かあさんになにかいいことをしてあげたいからだろうか。それとも、どうしてもセイターをはなれたいという自分の気持ちから、少しでも罪悪感を取りのぞこうとしているのだろうか。

仕上げにお酢《す》でリンス[*2]していると、ドリー・ケイおばさんが現れた。

「ぜんぶ話がついたわ。ミズ・ユーラは、ロニーが仕事に行ったあとに来てくれるそうよ。いつものお昼のドラマさえ見られるなら、喜んでここにいてくれるって。結婚をめぐるドラマなんですってさ」おばさんは、目をくるりと動かした。「それからウィリー・メイのおとなりの奥さんは、だんなさんに先だたれて、あき部屋がひとつあるっていうの」

それから、午後はじめて顔をあわせたかのように、かあさんを見た。

「まあ、コリーナ、ぴかぴかの髪になって。なにもかもうまくいったじゃない？」

かあさんの髪さえすすげば、すべてが完ぺきになるみたいな気がしてくる。

わたしはかあさんの頭を、タオルでターバンのようにくるんだ。

「かあさん、今度はお風呂に入る？」

かあさんは、頭をふった。「ううん」

ドリー・ケイおばさんが、わたしに目くばせした。

「一歩ずつよ、タイガー。一歩ずつ」

訳注＊1　プロクター&ギャンブル社の歯みがき。一九五〇年代に、さかんに広告を出したりコマーシャルをしたりしていた。
＊2　弱アルカリ性の石けんは、そのままだと髪がぱさつく。そのためリンスとして、身近な弱酸《じゃくさん》製品であり柔軟《じゅうなん》作用もあるお酢を使って中和しているわけだ。この洗髪方法は環境にもからだにもやさしいため、現在でも好《この》む人たちがいる。

13

次の日、わたしたちは車に、ドリー・ケイおばさんのサムソナイトのスーツケースふたつと、わたしの衣類を入れた紙ぶくろをひとつ、積みこんだ。かあさんととうさんは、ならんで立っていた。かあさんは両手を胸の前で組みあわせている。わたしはきれいなかあさんを思い出したかったが、先週泣きっぱなしで顔がむくんでいる上、まだあのきたないねまきを着ている。とうさんは、かあさんをあたためでもするみたいに、片方《かたほう》の腕でかあさんの肩を抱いている。六月の暑さもかまわずに。

ドリー・ケイおばさんが、よごれをはらい落とすように、手のひらをこすりあわせた。

「さて、これでいいと思うわ、タイガー。ぜんぶ車に積んだわよ」

それからおばさんは、かあさんに軽く抱きついた。

「心配しないで、コリーナ。タイガーのめんどうはしっかり見るから。それにあっという間のことよ。いい？」

かあさんは、くちびるをぎゅっと結んだまま、うなずいた。

おばさんはかあさんにほほえみかけ、だいじょうぶよと言うように、トントンとかあさんの腕をたたいた。そうして車に乗りこんだ。

今度はわたしが、かあさんに抱きついた。

かあさんは、息をしようとわずかに口を開けた。そこからむせび泣きがもれてきた。だがすぐに、かあさんはまたきつくくちびるを閉じた。かあさんの腕のなかは気持ちがよかった。ふとシャンプーのにおいがして、わたしはかあさんがよく歌ってくれた歌を思い出した。

〈かあさんにかわいい赤ちゃんができた／かあさんにかわいい子どもができた／かあさんにかわいいタイガーができた／うれしいかあさん、にっこり〉

今の今まで、わたしは忘れていた。この歌を。かあさんにだっこされて、ロッキングチェアに揺られていたころのことを。

わたしはかあさんからそっとからだをはなすと、とうさんのほうを向いた。とうさんの両手がポケットから飛びだし、こちらにのびて、わたしを抱きよせた。おでこのあたりに、とうさんのざらざらしたひげが触れた。

「おまえはとうさんの特別な子だ、タイガー。忘れるな」

のどにぐっとこみあげてくるものがあったが、わたしはただうなずいた。

そのあと口がきけたのは、もうドリー・ケイおばさんだけだった。わたしが車に乗ると、おばさんが大声で言った。

「じゃあね。なにも心配しなくて平気よ。タイガーはだいじょうぶだから」

タイヤの下で砂利《じゃり》がきしんだ音をたてて、車は家の前をはなれ、道路に入った。わたしはふり返って、かあさんととうさんに手をふった。かあさんの両手は組みあわされたままだったが、とうさんは大きく手をふってくれた。

ドリー・ケイおばさんがラジオをつけると、ハンク・ウィリアムス[*1]が「泣きたいほどのさびしさだ」と歌っていた。おばさんはあわててダイヤルをまわし、今度は陽気な「ロック・アラウンド・ザ・クロック」[*2]が鳴りだした。おばさんは、わたしに慣《な》れるための時間をくれるみたいに、だまっていた。何キロものあいだ、車のなかにはラジオの音楽だけが流れつづけた。

じきに車は、サトウキビ工場の甘ったるいにおいがただようルコントを過ぎ、三十分後にはバンキーに着いた。ドリー・ケイおばさんは、ガソリンスタンドに車を入れた。

「ちょっとガソリンを入れないと。なにか飲みものとお菓子《かし》、いる?」

「うん」

ガソリンスタンドの店員が、車にガソリンを入れているあいだ、おばさんはお店のほうに走っていった。そうしてコーラのびんを二本と、チョコレートバー〈ベビールース〉を買ってきてくれた。

店員が窓《まど》をふき終わると、おばさんはお金をはらい、車はまたハイウェイを走りだした。わたしはチョコレートバーをかじり、チョコレートを舌の上でとかした。さきにこうしておいて、最後にピーナッツをバリバリかむのだ。

　バンキーの街からも出たころ、わたしの胸は少しわくわくしはじめた。これまで、バンキーより先には行ったことがない。ここから先は、なにもかもが新しい経験《けいけん》なのだ。

　ハイウェイ七十一号線は、何キロもかなたまでまっすぐにつづいている。車は、子どもたちが庭で遊んでいる家いえを過ぎ、黒人たちが穫《と》りいれをしているサトウキビ畑をいくつも過ぎ、ふと現れたガソリンスタンドをひとつ過ぎて、走っていった。

　わたしは助手席側のドアにもたれて、ドリー・ケイおばさんが、ラジオにあわせて鼻歌を歌いながら運転するのをながめていた。おばさんとかあさんは、真昼《まひる》と真夜中ほどもちがう。

　おばさんが、赤いくちびるをきゅっと結んだ。かあさんとおばさんとでは、おばあちゃんが亡くなったことへの反応もまるでちがっていた。

　おばさんはわたしの視線を感じたらしく、こちらを見ると聞いた。

「どうかした？」

　わたしは赤くなった。

「ううん、ちょっと考えごとしてただけ」

「どんな？」

　わたしはぐっとつばを飲みこむと、背中をまるめた。

「おばあちゃんがいなくなって、さびしい？」

おばさんは、まっすぐ前を見つめて言った。

「私にとってはね、かあさんはずっと昔から、もういなかったのよ」

「どういうこと?」

おばさんは、少しだけ顔をわたしのほうに向けた。

「私はあなたのおかあさんを愛しているわ、タイガー。でもね、自分がその妹だというのは、かんたんなことではなかったの。私は五歳年下だけど、私のほうが年上みたいにふるまわなくちゃならなかった」おばさんの声がするどくなった。怒《いか》りをおさえようとしているみたいな声だ。「私は、あなたのおかあさんが一度も負《お》わなかったような責任を、いくつも負ったわ。男の子たちは、だれも私とつきあってくれなかった。変わったおねえさんがいるから。みんなそれが遺伝性《いでんせい》だと思ったのね。でもコリーナは、生まれたときはああじゃなかった」

おばさんは、はっとしたようにわたしを見ると、頬《ほお》を赤くした。

「いやだ、ごめんなさいね、タイガー。コリーナがあなたのおかあさんじゃないみたいなしゃべりかただったわね。ゆるしてちょうだい。コリーナのことはほんとうに愛しているの。知ってるわよね」

胃《い》のなかで、チョコレートがすっぱくなった。

「かあさんは、生まれたときは〈ゆっくり〉じゃなかったの?」

ドリー・ケイおばさんの顔色が、変わった。

「話すべきじゃなかったわ」そうして赤いつめで、ダッシュボードをコツコツたたいた。「なにかもっと楽しい話をしましょ。ね？」

というわけで、わたしたちはバトンルージュの話をした。でもわたしの頭のなかでは、ひとつの疑問がぐるぐるまわっていた――かあさんに、なにがあったんだろう？

日が高くなるにつれ、日ざしも強くなって、わたしたちは窓を開けた。一本に編《あ》んだ三つ編みが背中にぱたぱた当たり、顔のまわりでは、ほつれ毛が風になびいた。ドリー・ケイおばさんは、車を路肩《ろかた》に止めると、頭にスカーフを巻いた。

「タイガーもこうする？」

数分後、車はまた走りだした――ドリー・ケイおばさんの頭はベージュのスカーフで、わたしの頭はチャコールグレーのスカーフで、つつまれていた。同じことでも、日よけ帽だとまぬけに思えるのに、スカーフだとってもおしゃれな気分になるから不思議《ふしぎ》だ。

バンキーを出て六十四、五キロも行くと、あたりの風景は、松の木立《こだ》ちからしだいに湿地《しっち》や入り江に変わっていった。とちゅう、〈さかなのエキ（bate）あります〉という看板《かんばん》のかかった小屋があった。今までだれも、それは〈エサ（bait）〉と書くのが正しいんだよと、教えてあげなかったんだろうか。

それからおよそ二十分後、ひときわ高く、州の議事堂が見えてきた。街《まち》は暗い色あいの畝《うね》のように、地平線に広がっている。

ドリー・ケイおばさんが、咳《せき》ばらいをした。

「街に入る前に、ちょっと話しておきたいことがあるの。べつになんでもないようなことなんだけど、バトンルージュではね、私はドリー・ケイって呼ばれてないのよ」

「そうなの？」

「ええ。クリスチャンネームのドリーンで通ってるの。だからタイガーも、そう呼んでくれるかしら」

「うん、もちろん。慣《な》れるまでちょっとかかるかもしれないけど、がんばってやってみる」

おばさんはにっこりした。

「ありがとう。わかってくれるって思ってたわ」そうしてひと息つくと、今度はこう言った。「ねえ、タイガーも、クリスチャンネームで呼んでもらおうって考えたことない？」

わたしは肩をすぼめた。

「考えてみたら？　タイガーはすてきな名前だけど、バトンルージュではちょっとつらい思いをするかもしれないし」

わたしはつらい思いからのがれようとして、ここまで来たのだ。バトンルージュでまで、そんな目にあいたくない。だがそうは言っても、自分を「アン」と思うのは変な感じだ。

「アン・パーカー」

ドリー・ケイおばさんが、まるで帽子が頭に合うかどうか、かぶってみるみたいに、つぶやいた。

「映画スターみたいじゃない？」

わたしは、あっさりしすぎているような気がした。でもあっさりしすぎている名前のほうが、いじめられる名前よりましだ。

おばさんは、前方にのびている道路を見つめながら、ほほえんだ。

「今回ふたりでいるあいだに、この名前を使う練習ができるわね。あなたがそうしたければだけど、もちろん」そうして横目でわたしを見る。「バトンルージュでは、新しい自分になれるのよ、タイガー。それが私のしたこと。そうでなかったら、セイターなんかから出てきた私みたいな田舎者《いなかもの》が、バトンルージュのような都会でどうしてやってこられたかしら？」

わたしが答えるのを待っているみたいに、おばさんはわたしを見た。

「どんなふうにやってきたか、わかる？」

「どんなふうにやってきたの？」わたしは聞いた。

「九年前に引っ越してきたとき、私はラジオのコマーシャルで、ここの女の人たちのしゃべりかたをまねして練習したり、ファッション雑誌で最新流行の研究をしたりしながら、秘書養成《ようせい》の専門学校に通ったの。そうしてクラスで一番で卒業したのよ。信じられる？」

わたしはおばさんに、にっこりうなずいた。おばさんはわたしと同じように、不可能なことさえ可能にしたかったにちがいない。

おばさんは、大きくため息をついた。

「昔の自分がどんなだったかと思うと、ときどきぞっとするわ。バトンルージュの美容院に行くまでの、思い出したくもないような髪型とかね。そうだ、あなた、三つ編みを切ろうと思ったことはない？」

「あんまり」

わたしは、夜になるとポーチで髪をとかしてくれるかあさんや、ふざけて三つ編みを引っぱるとうさんの姿を思いうかべた。

おばさんは、ハエでも追いはらうみたいに手をふった。

「そうよね、そのままでかわいいわ。今のは、なしね。私はなんでも改良するのが好きだから」

髪型のほかにも、なにか改良しなくちゃならないものがあるんだろうかと、わたしは思った。わたしはバトンルージュに、うまくなじめるんだろうか？　百六十キロぐらいの距離で、そんなになにもかも変わるんだろうか？　でもとにかくわたしには、ここでやっていくのにもたよりになる、ドリー・ケイおばさんのような人がいるのだ。

ミシシッピ川橋《リバーブリッジ》をわたったときには、息をのんだ。今までわたしがわたったことのある橋は、小さな川《クリーク》にかかる小さなものだけだった。それがミシシッピ川ときたら、これまでに見たどんな川よりも入り江よりも大きく、眼下《がんか》に広がる黒い水には、引き船《タグボート》やはしけがたくさん浮かんでいる。

川のむこう岸では、背の高いビルがいくつも天まで届き、道は車でぎっしりだし、どこも人でいっぱいだ。わたしはぽかんと口を開けたまま、まわりじゅうを見まわした。右、左、うしろ。このにぎわいすべてをつかんでみたかった。消えてしまわないうちに。

ドリー・ケイおばさんが笑った。

「ようこそバトンルージュへ、アン・パーカー。ようこそ、あなたの新しい家へ」

一時間前にかあさんについて言ったことなど、忘れてしまったようだった。でもおばさんは言ってしまったのだし、それがどういうことなのかきちんと知るまで、わたしは前と同じではいられないと自分でわかっていた。

車が大学のキャンパスを過ぎていったとき、おばさんは言った。

「将来、この大学に通うかもしれないわね、あなた」

それから八百メートルぐらい走ると、おばさんは駐車場《ちゅうしゃじょう》に車を入れた。正面の建物は、てっぺんがドーム型になったまるい形の二階建てだ。

「ここよ。ここが私のマンション」

歩道を歩いていくと、建物に入った。植物でいっぱいの中庭があって、まんなかにはプールが輝《かがや》いている。そうしてどの部屋からも、ガラスのスライドドアで出られるようになっている。まるでオードリー・ヘップバーンの映画のなかに入ってしまったみたいだ。ふん、どうだアビー・リン・アンダーズ、くやしがるがいい！

マンションのなかは、まだま新しいペンキのにおいがした。ドリー・ケイおばさんがたっぷりしたカーテンを開けると、リビングに太陽の光があふれた。一気に中庭のながめがひらけて、ガラスのスライドドアが巨大な一枚の絵に変わったかのようだ。コーヒーテーブルのそばにはクリーム色のソファがあって、ターコイズブルーとピンクのクッションが積みあげられている。

バスルームはピンクで統一されていた。バスタブまでピンクだ。

「ほら、見て」

おばさんはそう言うと、蛇口《じゃぐち》をひねった。水がどんどん流れだす。これなら、お風呂のたびにわざわざ井戸《いど》まで行かなくていいし、ポーチに出て古いアルミのバスタブにつからなくてもいい。

「もしよかったら、今夜は泡《あわ》をいっぱいたてて、バブルバスにしてもいいわよ。いらっしゃい、今度はあなたのお部屋を見せてあげる」

短くせまい廊下《ろうか》のつきあたりまで行くと、おばさんはドアを開けた。そこには白い部屋が広がっていた。まんなかに置かれたベッドには、ピンクのバラのもようがちりばめられた、高価なシュニール織《お》り[*3]のベッドカバーがかかっている。そのむかい側には、オーク材のドレッサーと、おそろいのナイトテーブル。

おばさんはブラインドを開けると、クッションを手にとり、ふんわり形を整《ととの》えた。

夢かもしれない、と思って、わたしは自分の腕をつねってみた。

「ここが、わたしの部屋?」

おばさんは、にっこりした。

「そうよ、タイ——ううん、アン。ここがあなたのお部屋。気に入った?」

「ああ、もう、気に入ったどころじゃない。夢みたい。映画スターの部屋みたい」

おばさんは、わたしの腕を軽くたたいた。

「私はむこうに行くから、荷物を出して、らくにしてね」

わたしは茶色い紙ぶくろの中身を出して、持ってきた衣類をドレッサーのひきだしに移した。そうしていちばん下のひきだしにねまきを入れると、その下に、とうさんがくれたお金の入っている封筒《ふうとう》をしまった。

ドレッサーの上には、写真たてがならんでいた。わたしの写真が入っているものもあった。前歯が二本ともぬけている。七歳のときのものだ。若いころのおばあちゃんとおじいちゃんが、ポーチに立っているものもあった。わたしはおじいちゃんを知らない。かあさんとドリー・ケイおばさんが、まだ若いころに死んでしまったからだ。でもおばあちゃんが、おじいちゃんはいつも人を笑わせていたと言っていた。その写真でも、ちょうど冗談《じょうだん》を言ったばかりみたいな笑顔だ。そんなおじいちゃんのとなりで、おばあちゃんは背も高く、誇《ほこ》らしげにこちらを見つめている。ちょっぴり顔をしかめて。写真に写るとき、いつもおばあちゃんはこういう顔をした。

最後の一枚は、ふたりの子どもがこちらに向かって笑いかけているもの。まだ髪のうすい、よちよち歩きぐらいの子と、六歳ぐらいのかわいい黒髪の女の子。その子は小さいほうの子の肩に、腕をまわしている。わたしはその写真を写真たてからはずすと、明るい窓辺《まどべ》に持っていった。

写真の裏には、えんぴつで書かれたおばあちゃんの字があった——コリーナとドリーン・ケイ・

ラムジー、一九二五年。

かあさんが子どものころの写真を見るのは、はじめてだ。なんだかすごく変な感じがした。写真のかあさんは、なにかがちがうのだ。ドリー・ケイおばさんにまわした腕のせいだろうか。こんなにも守ろうとするかのような腕。こんなふうにかあさんから守ってもらえたらと、わたしが願いつづけていたような腕。

ちょうどそのとき、ドリー・ケイおばさんが、ドアから顔をのぞかせた。

「終わった？」

わたしが写真を見ているのに気づくと、おばさんの笑顔が消えた。おばさんはこちらへ来てわたしのとなりにすわり、やさしく写真を取りあげた。

そうして長いあいだ、ひとこともしゃべらなかった。ただじっと、その写真を見つめていた。ようやく口を開いたおばさんからは、ゆっくりとことばが流れだした。

「小さかったころはね、私はなんにでものぼってしまう子どもだったの。あなたのおばあちゃんには、ネコみたいな子だったって言われたわ。コリーナは六歳ぐらいだったけど、もう私のあとを、ニワトリのおかあさんみたいに追いかけていた」

「かあさんが？」

「そう。ある日あなたのおばあちゃんが、オークの木にはしごを立てかけたままにしたの。ちょっと枝を切ったあとでね。さっそく私はいちばん上までよじのぼって、枝にしがみついたのよ」ここでおばさんは、しばらく口をつぐんだ。「あなたのかあさんが、追いかけてのぼってきたんだけど、私のところまでたどり着いたと思ったとたん、枝から落ちたの。それで腕を折ってね。でもいちばんひどく打ったのは、頭だったのよ。その日から、あなたのかあさんの頭の動きは、止まってしまったみたいだった。医者たちは、おそらくこの子はいつまでも六歳児のようでしょうと言ったわ。おばあちゃんは、はしごを出しっぱなしにした自分をけっしてゆるせなかったと思う。でなければ、木にのぼった私を」

「でもまだ赤ちゃんだったんでしょう。おばさんのせいじゃないわ」

ドリー・ケイおばさんは、答えなかった。ただ写真に目を落としていた。

「どうして今まで、だれもわたしにその話をしてくれなかったの？」わたしは聞いた。

おばさんは首をふった。

「さあ。だれかがするべきだったわね。おばあちゃんは一度私に話した以外、その話題に触れることさえなかったの。十代になったころよ。学校が終わると、私は自分の行くところすべてにコリーナをつれていかなきゃならなくて、いらいらしはじめていた」ドリー・ケイおばさんは、窓の外を見た。「こんなこと言うの恥ずかしいんだけど、私は自分のおねえさんが、いやだったの。もちろん、なにがあったかおばあちゃんに言われてからは、罪の意識でいっぱいになったけど」

わたしはなにか言わなきゃと思ったが、なにを言えばいいのかわからなかった。かあさんのことしか考えられず、もしそのとき木から落ちていなければ、今はどんな暮らしだっただろうと思った。

もしかしたら、ドリー・ケイおばさんのかわりにかあさんが、口紅《くちべに》をぬり、〈イヴニング・イン・パリス〉の香水の香りをさせて、わたしのとなりにすわっていたかもしれない。

長いあいだのあらゆる疑問が、一気に解《と》けた気がした。なぜわたしがいつも成績優秀者でいられるのか。なぜおばあちゃんが、ドリー・ケイおばさんにはきつくあたるようだったのか。でも、おばさんがいっしょに住まないかとわたしに言ってくれたのは、どうかその罪の意識からではありませんようにとわたしは思った。

ドリー・ケイおばさんは、写真を写真たてに入れて、ドレッサーの上にもどした。それから急に、笑顔でぐるりとまわってこちらを向いた。わたしはびっくりした。

「買いものにでも行こうか」

かあさんのことを話すのも、おばさんにしてみれば、仕事のリストをひとつかたづけるぐらいのことだったのかもしれない。

「食料品？」

「ううん。あなたのかあさんがおばあちゃんと作ってたワンピースは、かわいいけど、今はおばあちゃんがいなくなっちゃったから、きっといつまでもできあがらないわ。だから、バトンルージュから来たアン・パーカーが着るものを、ちょっと買いに行くのよ」

わたしは頭がくらくらした。かあさんがどんな道を生きてきたのか、わたしはこれまでなにも知らなかった。みんながそれを秘密にしていた。でもきっと、セイターじゅうの人が、かあさんになにがあったか知っていたのだ。ジェス・ウェイドだって、おかあさんから聞いたかもしれない。

わたしは靴《くつ》をはくと、ドリー・ケイおばさんを追いかけて階段をおり、外に出て、車のほうへ向かった。おばさんのことばを思い出した。なるほどおばさんは、なんでも改良するのが好きなのだ。

二時間後、わたしは新しいブラウス四枚とスカート三枚を手に入れて、胸をふくらませていた。ピンクのスカートには、アビー・リンのと同じようなかわいいプードルまでついている。ドリー・ケイおばさんは、スカートのフレアをきれいに出すためのペチコートも、たくさん買ってくれた。かあさんとおばあちゃんが作りはじめていたワンピースが、急に子どもじみたものに思えてきた。

わたしはピンクのスカートをはいて、鏡の前に立ってみた。新しいだれかになったみたいだった。ドラッグストアでコーラフロートを飲んでいた、あの女の子たちみたいに。セイターでニワトリにえさをやっている田舎者ではなくて。

バイバイ、タイガー。ようこそ、アン・パーカー。

訳注＊1　白人南部音楽の祖とも言われるシンガーソングライター（一九二四―一九五三）
＊2　映画「暴力教室」のオープニングに使われた曲（一九五四発表）。これをきっかけに、ロックンロールが大ブレイクした。

＊3　もとはドイツ・ババリヤ地方の伝統的な織物《おりもの》。ビロードのような手ざわりで、日本でもフェイラーのタオルチーフなどで人気。

14

次の日の朝、わたしはハムを焼くにおいと、聞きなれない調子はずれな歌声とで目をさました。よろよろ台所に行くと、一五二、三センチあるかどうかの小柄《こがら》なおばあさんが、コンロの前に立っていた。肌はコーヒーのような色。おだんごに結《ゆ》ったグレーの髪は、おばあちゃんに似ている。歌は、わたしが聞いたことのないゴスペルソングだった。高音のところはキンキンした声、低音のところは下がりぎみの声。

ふり返りもせずに、そのおばあさんが言った。

「おはよう、アン。朝ごはん食べる?」

わたしは息をのんだ。

「はい、お願いします」

わたしが小さかったころ、おばあちゃんは背中にも目があるみたいだった。見ていないと思っていたずらをしようとしても、いつもばれた。それでわたしは、おばあちゃんには第六感があるんだと思った。このおばあさんにもそれがあるのかもしれない。

おばあさんはわたしに背中を向けたまま、鉄のフライパンで分厚《ぶあつ》いハムのスライスを何枚もひっくり返した。それから踏《ふ》み台に乗ると、戸だなを開けてイチジクのびんづめを取った。

「顔を洗った？　まだだね。洗っといで。食べるのはそれから」

ごしごし洗ってもどると、テーブルはもうしたくができていた。お皿にのっていたのはハムステーキと、あらびきカラス麦のオートミールと、まるいパン。

おばあさんはふり返り、はじめてわたしの顔を見た。なめらかな肌をしていて、頬骨《ほおぼね》が高く、話すとあわい褐色《かっしょく》の目がきらめく。

「マグノリアよ」

その声はどこかもろそうで、くり返しかけたレコードみたいに、ちょっぴりザーザーいう響《ひび》きがあった。

「はじめまして」

わたしもあいさつした。バター風味のオートミールは、おばあちゃんが作ってくれたものに勝《まさ》るともおとらない。

「ドリー――ドリーンおばさんは、どこでしょう？」

マグノリアは、わたしが言いまちがえそうになったのがわかったらしく、ほほえんだ。

「仕事よ。ワーキングガールだから。で、私はあの人のワーキングガールってわけ」マグノリアはおかしそうに笑うと、言いたした。「いや、ガールじゃないねえ？　六十五歳だもの。あんたのおばさん、私がきょう来るって言った？」

わたしはかじったハムを飲みこむと、牛乳でごくんと流しこんだ。

「いいえ」

マグノリアは首をふりながら、舌打《したう》ちした。

「いそがしい、いそがしい。いつもいそがしすぎ。でもよくはたらいてるよ、あの人は。私はあんたのおばさんのそうじ婦《ふ》ってわけ。夕飯をつくることもあるけどね。おでかけじゃないときには」

「おでかけ？」わたしは聞いた。

「ええ。知事の代理で、しゃれたパーティーにいっぱい行くの。そんなに元もとれない仕事をもらうために、どんなにたくさんのお金が使われてるかと思うと、おかしいねえ」

おばあちゃんみたいな言いかただ――疑い深くて。

マグノリアは、流しに食器洗い用の石けんをふりまくと、水を流しはじめた。そうして真顔《まがお》になって聞いた。

「この夏、あんたと私はしばらく顔をあわせることになる。あんたのところの人たちは、あれこれうるさく言わないね？」

「ああ、いいえ、ちっとも」

「そう。いろいろむずかしいことを言う人のめんどうは、見られないからね。私が作るのは、みんなの分の料理を一種類。それだけ」

「わたしたち、好ききらいはほとんどないです」

「そう。それからこの私に、なじみすぎないように。事情がゆるすようになったら、すぐに帰るから。長い出張《しゅっちょう》の契約《けいやく》はしなかったんでね」

ドリー・ケイおばさんは、そもそもこの人をどうやって説得《せっとく》したんだろう。

わたしは「皿洗いを手伝います」と申し出たが、マグノリアは自分でやると言ってゆずらなかった。

「そうじやかたづけのために、私はあんたのおばさんに雇《やと》われてるの。だからそれをしなかったら、うちの鍋《なべ》にチキンを入れられなくなっちゃうでしょ」

わたしは水着に着がえると、プールに向かってかけだした。プールの水は、川《クリーク》の水とはちがっていた。あたたかくて、変な味がした。わたしはあお向けに浮きながら、サンルーフになっている丸屋根のむこうの空を見つめた。ヤシの木々とシダの緑にかこまれて、ハワイからもらった絵はがきのなかにいるみたいだ。今のわたしを、アビー・リンが見ればいいのに。バトンルージュのすてきなプールで、ゆったり浮かんでいるわたしを。ふふ、くやしがって、グリーンピースのスープみたいに青ざめるだろうな。

どこか上のほうからヒューッと口笛《くちぶえ》が響《ひび》いて、わたしはわれに返った。わたしは毅然《きぜん》と頭をあげて、あたりを見まわした。少なくとも百ぐらいの窓がプールに面している。でもそのどこからも、人がのぞいているようすはない。

それからもう二、三分、わたしはひとりで泳いだが、楽しい気分はもどってこなかった。だれがわたしを見ていたんだろうと、そればかり気になった。わたしはプールをあがって、部屋にもどることにした。

マグノリアは、ドア何枚分かむこうにあるマンション共同の洗濯室《ランドリー》で、衣類を洗ったり干したりしていた。お手伝いを受けつけてくれないから、わたしはひまで、ベッドで大の字になったり、ドリー・ケイおばさんの映画雑誌を山ほど見たりした。そうしてふと「スクリーン・スターズ」の、オードリー・ヘップバーンの記事に目をとめた。そこにはヘップバーンの〈だれともちがう容姿《ようし》〉のことが書かれていた。

わたしはドレッサーの鏡をのぞき込むと、髪をうしろでたばねてみた。やっぱり髪を切るべきかもしれない。そうしたらわたしだって、きれいに見えるようになるかもしれない。

わたしは、ドリー・ケイおばさんみたいに口紅をぬるところを想像して、くちびるをすぼめてみた。とたんに、それがキスするときの形と同じと気づき、ジェス・ウェイドのことが頭に浮かんだ。わたしはそでで、力まかせにくちびるをぬぐった。

リビングに行くと、マグノリアが足を開いてどっしり立ち、両手でタオルを一枚ずつ広げてはふたつにたたんでいた。

「たいくつしてるんなら、ちょっと郵便局まで行ってくる？　あんたのおばさんが、請求書《せいきゅうしょ》を送るのに切手がいるって言ってたから」

「郵便局ってどこですか?」

「二、三ブロック先の、通りのむこう側。気をつけるんだよ。ここは田舎《いなか》とはちがうからね」

「だいじょうぶ。すぐ帰ってきます」

でかける前に、わたしはとうさんがくれた封筒《ふうとう》からお金を少し出して、ポケットに押しこんだ。郵便局めざして歩道を歩いていくあいだ、スピードを出した車が何台も通りすぎていった。やがて通りの両側に、店が現れはじめた。郵便局は、ルブラン帽子店と美容室へーゼルズのあいだにあった。

切手を買うと、請求書の入った封筒を「市内」と書かれた差しこみ口から投函《とうかん》して、わたしは、強くなりはじめた午前の日ざしのなかへもどった。

となりの美容室の窓からは、おしゃれな髪型をした女の人の写真が何枚も、にこやかに笑いかけてくる。料金表も張ってある。カットは二ドル。考えていたことを実行するのにじゅうぶんなお金が、まだ残っている。

ドアを開けると、呼び鈴《りん》がわりの鈴がにぎやかに鳴った。中ではプラチナブロンドの女の人が、お客のグレーの髪をかたく巻いているところだった。壁《かべ》の鏡にうつったわたしを見て、その美容師が言った。

「いらっしゃいませ。カットですか、それともシャンプーして巻きますか?」

わたしは息を吸いこんだ。「カットです」

声が大きすぎた。かあさんかとうさんが、ドアのむこうから現れそうな気がして、思わずわたしはあたりを見まわした。

「ヘーゼルです。ちょっとすわってお待ちくださいね。よかったらそこの雑誌で、してみたいヘアスタイルがあるか見てね。写真があれば、そのとおりにできるから。どの写真でも平気よ」

美容師は、チューインガムでパチンと音をたてると、お客の髪を巻きつづけた。

わたしは次つぎ雑誌をさがし、ドリー・ケイおばさんのところにあったのと同じ「スクリーン・スターズ」を見つけた。オードリー・ヘップバーンのショートヘアが載《の》っている号だ。わたしはもう一度、まじまじと写真を見た。そう、ショートだ。よし、これに決めた。

ヘーゼルは、カーラーをたくさんつけたお客を、ヘアドライヤーがならんでいる壁ぎわに案内した。それからわたしを流し台の前のいすにつれていき、肩をタオルでおおって、三つ編みをほどいた。

そうして、からまった髪もかまわず、ぐいぐいブラシでとかした。

「これをきれいに保つのは大変ね」

つづいて噴霧器《ふんむき》のついた黒いゴムホースを手にとると、言った。

「からだをうしろにたおして」

ヘーゼルはかがみ込むと、わたしの頭につめたい水をかけ、シャンプーをふりかけた。

彼女の口からはミントのガムのにおいが、ピンクのジャケットからは強い化学薬品のにおいがした。指の力はあまりに強く、しかもひどくこするので、しだいに目から涙が出てきた。かあさんがシャンプーしてくれるときは、やさしく洗ってくれるのに、と思い出した。そのうちわたしは頭痛までしてきたが、これからこの髪を切ろうとしているヘーゼルになにか言うのは、こわくてできなかった。

ようやくあたたかいお湯ですすぎが終わると、わたしはタオルで頭をつつまれ、鏡の前のいすにつれていかれた。

「髪が多いわね。ほんとうに切りたいの?」

「はい。切ってください」

「オーケー。じゃあ、どんなふうにする?」

わたしは写真をかかげた。

「こんなふうにできますか?」

ガムをまたパチンと鳴らして、美容師は言った。

「ヘップバーンね。目かくしされてもできるわ」

そうして、ひきだしをきしませながら開け、はさみを取りだした。

わたしは目をつぶり、息を止めた。

チョキン。

さっと目を開け、顔まわりの長い毛のたばが床に落ちていくのを、わたしはのぞき見た。

「これまでカットしてもらったことある?」ヘーゼルが聞いた。

「いいえ。あ、でもおばあちゃんが、満月のときに切りそろえてくれてました」

ヘーゼルが手を止めた。鏡のなかで、彼女のまゆ毛が急にあがった。

「え?」

「満月のときに。満月が出ているときに切りそろえると、髪が早くのびるんです」

ヘーゼルはからだをふたつに折って、笑った。

「そんなのはじめて聞いたわ。あなた、どこの出身?」

わたしは赤くなった。「セイターです」

「あらそう。じゃあ、ミス・セイター、今の話は、このあたりではだれにもしないことね」

そうしてヘーゼルはまた切りつづけ、わたしは目をつぶりつづけた。

およそ二十分後、声がした。

「はい、もう見てもいいわ。終わったわよ」

ゆっくりと目を開けて、わたしはオードリー・ヘップバーンの面影《おもかげ》をさがした。髪が短くなったかわりに、なんだか顔が大きくなった気がした。小さすぎる帽子をちょこんとかぶった人のよう。鼻がめだつようになって、目は細長い線に変わってしまったようだ。

「すてきよ」ヘーゼルが言った。「おしゃれになったわ。ちょっとオードリー・ヘップバーンみたい」

ヘーゼルはくしを取ると、自分の髪を整《ととの》えはじめる。

わたしはもう一度、鏡のなかの顔をじっと見た。びっくりしたあまり、ヘーゼルに見えているものも、わたしには見えていないのかもしれない。床にはわたしの髪が、赤い麦わらのたばのように落ちている。

ヘーゼルはガムをかみながら、窓のむこうを見つめた。そうして片手を腰にあてると、つぶやいた。

「あの小さな黒人のおばあさん、こっちを見ながらもう二十分もあそこに立ってるわ。バス停《てい》があるわけでもないのに」

わたしも窓の外に目をやった。通りのむこうの歩道にいたのは、マグノリアだった。赤い日がさをさして、グレーの浅い縁《ふち》なし帽をかぶり、美容室のほうを見ている。

「あっ、そうだ！」わたしは声をあげた。

「なあに？」とヘーゼル。

「もう行かなくちゃ。おいくらですか？」

「二ドル。でもまだ髪がぬれたままでしょ。ドライヤーでかわかしていかなくていいの？」

「家でかわかしますから」

わたしはしわくちゃのお札《さつ》をわたすと、急いでドアを開けた。呼び鈴《りん》の鈴の音が遠くになっていくのを感じながら、左右を確かめもせず、走って道路にかけだした。そのとたんクラクションが響《ひび》いて、目の前で車が急停車《きゅうていしゃ》した。つづいてそのうしろの車からも、長いクラクション。二重のクラクションで頭がガンガン鳴りはじめ、わたしは立ちすくんで、どちらに足を出せばいいのかわからなくなった。

「おお主《しゅ》よ！」マグノリアが叫んだ。

目をつりあげた運転手が、歩道のほうへいらいらと手をふり、わたしは大あわてでマグノリアのもとへ走った。

マグノリアは首をふりながら、わたしの髪をじっと見た。

「やれやれ。あんたが郵便局からまっすぐ帰ってこないから、心配したよ。でも今度は自分のことが心配になってきた。私、あんたのおばさんに殺されるね、これは」

わたしはまだぬれている短い髪に、指を通した。

「でもおばさんが、切ったほうがいいって言ったの」

マグノリアは、速足《はやあし》でわたしの前を歩きだした。赤い日がさが揺れている。

「ふーむ……」

それからまた首をふった。

「少なくとも、満月の日に切るべきだったね」

15

マグノリアが一日の仕事を終え、バスに乗って帰っていってから一時間後に、ドリー・ケイおばさんが風のようにマンションに入ってきた。そうしてわたしを見るなり、ハンドバッグを手から落とした。

「その髪！　すてき！」

わたしは、短くなった髪を引っぱってみた。

「そう思う？　ほんとう？　鼻が大きく見えると思わない？」

「ぜんぜんよ。あかぬけたわ。それならどこから見ても十三歳ね。十四歳にだって見えるぐらい」

わたしはもう一度自分の顔をチェックしに、鏡のところへ走っていきたくてたまらなくなった。さっきチェックしたときは、赤毛で目が細くて鼻の大きな女の子しかいなかったのだ。もしかしたら、わたしはめがねをかけたほうがいいのかもしれない。

夕食には、ドリー・ケイおばさんが、中庭のグリルでハンバーグを焼いてくれた。わたしはキッチンのコンロで、細く切ったジャガイモをバターで揚《あ》げた。コンロは電気式で、おどろいたことに、つまみをちょっとひねるだけでつく。バトンルージュでの新しい生活はどんなだろうと考えるだけで、わたしは自分がとてもおとなになった気がした。

それにしても、ドリー・ケイおばさんはどうして結婚しないのだろう。ミズ・ユーラもおばあちゃんによく聞いていたものだ。

「ねえ、ドリー・ケイはオールドミスになるつもりなのかしら?」

夕食のテーブルで、わたしはおばさんに聞いてみた。

「おばさん、彼氏いる?」

ドリー・ケイおばさんは、小さい器《うつわ》にたっぷり入れたケチャップに、フライドポテトをつけた。

「仕事があんまりいそがしいから、私を彼女にって思う男の人なんか、いないわ」

じゃあ、わたしのための時間もないということだろうか。

「でも心配無用よ」と、おばさん。「ちょくちょくでかけるぐらいはしてるから」

そうしてナプキンで口もとをふいた。ふかなくてもきれいだったけれど。

「どうしてそんなこと聞くの? おばあちゃんがなにか言ってた?」

「ううん、ちがう、おばあちゃんじゃなくて。ミズ・ユー……」

おばさんは、顔をのけぞらせて笑った。

「ああ、そうね、ミズ・ユーラ! あのおせっかい屋さんがいなかったら、セイターはどうやってまわっていくことやら。じゃあ、今度ミズ・ユーラに私のことを聞かれたら、おかげさまで私はちゃんとやってますからって言ってちょうだい。いろんな支払《しはら》いも、ぜんぶ自分ですませてますからって」

「おばあちゃんも、いつもそう言ってた」

おばさんは、急にまじめな顔になった。

「ほんとう?」

「うん。おばあちゃんはいつも言ってたよ。『心配せずにいられることのひとつは、娘のドリー・ケイ。あの子には、両肩の上にいい頭が乗ってるから』って」

おばさんは下くちびるをかんだ。目にはみるみる涙がにじむ。そうして水の入ったコップを口もとに運ぶと、一気に飲みほした。それがゴクリと大きな音をたてて、のどをおりていったとき、わたしは、おばあちゃんが言ったことなど話すべきじゃなかったんだと思った。わたしはおばさんを、悲しませてしまったみたいだ。

夕食が終わると、わたしは流しにお湯を出し、おばさんといっしょにラジオを聴《き》きながら、お皿を洗った。プレスリーの歌がはじまると、おばさんは言った。

「この人だわ、私の彼氏は。この人のためだったら、すぐにでも仕事をやめちゃう」

わたしたちは、ふきんをほうり出して踊《おど》った。ドリー・ケイおばさんは、木のスプーンをマイクがわりに、思いきり歌った。

「レッツ・ロック。エブリボディ、レッツ・ロック（さあみんな、ロックしようぜ）」

そうしてプレスリーと同じように、ビートにあわせて下半身をくねらせた。それからわたしの手をつかむと、部屋いっぱいにくるくるまわしていった。

歌が終わると、わたしたちは大笑いした。ドリー・ケイおばさんは、勢いあまって、流しの前に飛びちった水で足をすべらせた。わたしは笑いやめた。でもおばさんは、床にしりもちをつき、両脚を投げだしたまま、笑いつづけた。マスカラが流れて、顔に黒い筋が二本流れていく。おばあちゃんのための涙を、今やっとここで流しているのかもしれない、とわたしは思った。

「ああ、やだわ」こぶしで目もとをぬぐいながら、おばさんが言った。「やだやだ」

わたしがふきんをわたすと、おばさんは顔をふいたが、マスカラの黒いしみはよけい広がった。

「すごい顔になっちゃったでしょう？　ちょっと洗ってきたほうがいいわね」

わたしが床をそうじしていると、ドリー・ケイおばさんは、ゆったりしたパンツにはきかえて現れた。お化粧《けしょう》を落としたおばさんは、とても若く見えた――ルイジアナ州立大学で見かけた、女子学生たちみたいに。

おばさんは、いすをむぞうさに元の位置にもどしながら、わたしに聞いた。

「こっちに引っ越してきたら、会えなくてさびしくなっちゃう特別な人、いる？」

「かあさんとか、とうさん？」

「もちろんそうね。でもジェス・ウェイドは？　すてきな人でしょ」

かっと顔が熱くなった。胃もぎゅっとなる。

「ああ、あの人。あれはただの友だち。今でもそうだと思う」

「どういうこと？」

「え、なんでもない」

おばさんは、ひじでやさしくわたしのわき腹をつついた。

「ほらほら。未来のルームメートには、なんでも言っていいのよ」

わたしだって言ってしまいたかった。でもどぎまぎしてしまう。けっきょくわたしは口走った。

「あの人、わたしにキスしたの」

「ひゃあああ！　ファーストキスね？」

わたしはうなずいた。

おばさんの指が、わたしの前髪をなでる。

「ファーストキスは、だれもが通る道」

「そういうんじゃないの。あの人のこと、そういうふうに好きなわけじゃないの。それでわたし、どなって、『ほっといて』って言っちゃった。あの人それを、『永遠にほっといて』って意味にとったんじゃないかと思う」

「あらまあ」おばさんはあごをなでる。

「あのことば、取り消せたらな」

「じゃあそうしなさい」と、おばさん。

「でもわたしが、あの人の彼女になりたがってるって思われるのは、いやなの」

「それも言うのよ。で、ちゃんと『ほしいのは友情なの』って言うこと」

おばさんは、両手でわたしの肩をつかんだ。

「タイガー、そうするのよ。しないと後悔《こうかい》するわ。私にはよくわかる」

「おばさんにも同じことがあった？」

「男の子じゃないけどね」おばさんはわたしに背中を向けると、流しのまわりに飛びちった石けんのしぶきをふいた。「かあさんだったけど」

「おばあちゃん？」

「私はかあさんに、自分がどんなにかあさんを愛しているか、伝えたかったの。でもセイターをはなれたことで、かあさんはどうしても私を受けいれてはくれなくなった。かあさんは私に、セイターで暮らしてコリーナのめんどうを見てほしかったんだと思う。二度と私がもどらないとわかって、あなたのとうさんがコリーナと結婚するのを、ゆるしたのよ。かあさんはきっとこう考えてたんだわ。『セイターなんかじゃだめだとドリー・ケイは思ってる』って。でも私は人生というものを、もっと知りたかっただけ」

おばさんはふり返って、わたしを見つめた。

「それがそんなにいけないこと？」

わたしに向けられた質問だったが、ほんとうはおばあちゃんに聞いたんだ、という気がした。だぶだぶのパンツをはいて立ちつくすおばさんは、もろく、こわれそうに見えた。わたしは両腕を、おばさんに巻きつけた。

「かあさんが私にとってどれほどの存在か、私は話したかった。もしかあさんがいなかったら、私はひとりで新しい道を切りひらく勇気なんか、とても持てなかったわ。かあさんは強かった——とうさんが死んだあと、ひとりで私たちを育ててくれた。もし何ごとかを成《な》したければ、自分自身で成しとげる。それを目《ま》のあたりにしながら、私は大きくなってきたのよ」

ドリー・ケイおばさんはほほえむと、明るい声を出した。

「だから、このおろかなおばさんから学んでちょうだい。いい？　ちゃんとジェス・ウェイドに話すって、約束して」

「わかった、約束する」

おばさんは、大きく息をついた。

「マグノリアが、みんなの前であんまりがんこじゃないといいんだけど。セイターに行くのを引きうけてもらうのにも、ずいぶんな条件を出すことになっちゃったんだから」

次の日の朝、わたしは、新しい服をドリー・ケイおばさんのスーツケースのひとつに入れ、おばさんの車に乗って、ルーズベルト通りに向かった。マグノリアをむかえにいくのだ。

マグノリアの住む通りに着くと、おいしそうな揚《あ》げもののにおいとバラの香りが、入りまじってただよってきた。両側には、くたびれた小さな家いえが軒《のき》をならべている。歩道では、小さな女の子たちがなわとびをしている。すそを折りあげたジーンズに白いTシャツを着た男の子たちは、笑いながら追いかけっこをしている。ポーチにすわったおとなたちは、道をはさんでおしゃべりに夢中だ。こうしてとなり近所とくっつき合うように暮らすのも、そうわるくないのかもしれない。セイターの黒人街も、こんなふうなのだろうか。

車は通りの行きどまりまで進んで、ドアの黄色い、青い家の前にとまった。庭には、柱つきの鳥の巣箱がいくつもあり、小さな風車も一台、動かないまま立っていた。柵《さく》には大きな黄色とオレンジのヒャクニチソウが、のびやかに茂《しげ》って咲いていた。

マグノリアはいつものグレーの帽子をかぶり、日がさがつき出た茶色い紙ぶくろを持って、ポーチの階段にすわっていた。窓のカーテンのすきまから、若い男の人がこちらを見ていたが、わたしと目が合うと、窓ぎわからはなれた。マグノリアがわたしたちのほうに歩きだし、わたしは車をおりようとした。ところがドリー・ケイおばさんに、シャツのすそをつかまれた。

「ここでおりちゃだめ」

ひそひそ声で、けれどするどく、おばさんは言った。とうさんが、オーティスの家の屋根の修理を手伝ったとき、おばあちゃんがわたしをいっしょに行かせてくれなかったことを思い出した。わたしは、黒人街に住むミニーとアブナーの家を見たかったのに、おばあちゃんにこう言われたのだ。

「あっちに行く必要はないの。家にいなさい。それが一番」

バス乗り場に着くと、ドリー・ケイおばさんは、両手をわたしの肩に置いた。

「いい、夏の終わりにはまたむかえに行くからね。バトンルージュが、あなたの新しい住みかになるのよ」

マグノリアがまゆをひそめた。両方のまゆがくっつくほどに。でもドリー・ケイおばさんに見られているのに気がつくと、バスのほうに目をやり、乗り場へ向かった。

「だいじょうぶよ、マグノリア」おばさんが言った。「あなたのことは、すぐむかえに行くわ」

スピーカーから案内が流れてきた。

「まもなくアレクサンドリア行きが発車します」

わたしは、学校へ行くのにバスに乗ったことはあったけれど、グレーハウンド交通の大きな長距離バスに乗るのは、はじめてだ。バスのドアがシューッと開いて、わたしは段をのぼり、フロントガラスに近い席を選ぶと、マグノリアのぶんをあけながら窓側につめた。ところがマグノリアはうしろへ歩いていき、オーバーオールを着たお年よりが、わたしのとなりにすわった。

「やあどうも、お嬢《じょう》ちゃん」

お年よりの口からは、ガンボを鉢《はち》いっぱい、しかもいっしょにタマネギを大量に食べてきたみたいなにおいがした。

「どうも、こんにちは」わたしは答えた。

「十セント玉、ほしいかな?」

お年よりはポケットをさぐって、山ほど小銭《こぜに》をつかみ出し、十セント硬貨《こうか》を二、三枚差しだした。

「いえ、いいです。ありがとうございます」

お年よりは肩をすくめると、ポケットにまた小銭をしまったが、なおも一枚だけわたしに差しだしている。

わたしはどうしたらいいかわからなくて、けっきょく受けとった。

「ありがとうございます」

お年よりはうなずいた。

「家に帰るの?」

「はい、そうです」

耳に片手をあてて、お年よりはわたしのほうへからだをかたむけた。

「え?」

「そうです」

わたしは大きな声で、もう一度言った。

「どこ?」

「セイターです」

お年よりは額《ひたい》にしわを寄せた。

「テイター？　おジャガ？[*1]　聞いたことないな」

うしろのほうで、だれかが笑いをこらえているのがわかった。マグノリアのようだ。わたしはお年よりの耳もとで、どなってやった。

「セイター！」

びくっと、お年よりがからだを引いた。

「そんな大声を出さんでも。耳が聞こえないわけじゃないんだから。セイターか。大きな苗木畑がふたつあるところだな？」

この人に話しかけられつづけたら、さぞ長い旅になることだろう。

実際、長い旅になった。バスは人々をおろすだけでなく、荷物も届けてまわったからだ。

二時間半後、わたしたちはバンキーに着き、お年よりが立ちあがった。そうして両手の親指を、オーバーオールのつりひもに引っかけながら、言った。

「十セント玉、返さなきゃなんて思わなくていいぞ」

乗客を次つぎおろしてきたバスには、アレクサンドリアの家に帰っていく若い陸軍の人たちをのぞいて、知らない人はもういなかった。わたしはうしろまで歩いていき、マグノリアの前の席にどすんとすわった。そうして、席のちょうどまんなかあたりにおしりをずらした。今度はもう、だれもとなりにすわりにこないように。それからうしろを向いて、話しかけた。

「お子さん、いるんですか？」

マグノリアは、窓の外を見つめていた。

「息子がひとり。名前はマイケル」

カーテンからのぞいていたあの男の人にちがいない。

「何歳なんですか?」

「来月で二十六。今年は誕生日を祝《いわ》ってやれないね。はじめてのことだけど」

「なんのお仕事?」

「なくてね、仕事が」マグノリアの黒っぽい目が、こちらを向いた。「若い黒人には、住みにくい世の中になったもんだよ」

「どういうこと?」わたしは聞いた。

マグノリアのまゆが下がった。

「おうちの人は、あんたがおばさんと暮らそうとしていること、知ってるの?」

わたしはドキッとした。

「まだです」

わたしは前に向きなおると、本を開いたが、マグノリアの質問が胸に焼きついてはなれなくなった。

セイター南部まであと数キロのところに来ると、小さな木々の景色《けしき》が背の高い松の並木《なみき》に変わり、わたしに「おかえり」と言ってくれているようだった。麦わら帽子をかぶり、両手をポケットにつっ込んだとうさんの姿が見えたときには、胸が高鳴った。いっしょにいるものとばかり思っていたかあさんの姿は、見あたらなかった。セイターに帰ってくるのをこんなにうれしく感じるとは、思ってもみなかったが、ぜんぶうまくいけば、けっきょくはバトンルージュがわたしの新しい故郷《こきょう》になるのだ。

とうさんの笑顔は、わたしを見たとたんにさっと消えた。そうだ、わたしは髪を切ったのだ。とうさんが両腕を差しだし、わたしたちは抱きあった。車が何台も行きすぎ、マグノリアは少しはなれたうしろに立って、わたしたちを見ていた。

とうさんは、短くなったわたしの髪をちょっと引っぱると、笑顔にもどった。

「心配するな。すぐまたのびる」

わたしがふり返ると、マグノリアは微笑《びしょう》した。

「とうさん、マグノリアよ」

とうさんは帽子をとると、胸にあてた。

「はじめまして。タイガーを無事に送ってくれて、ありがとう」

マグノリアが変な顔をした。

「え？　タイ――？」

「わたしはタイガー・アンってい
うの」

アンのところを思いきり強調しながら、わたしは言った。アンという名前が尊重《そんちょう》されるように、願いながら。

わたしたち三人は、そこから小型トラックにならんで乗って、家まで走った。今回はマグノリアも、うしろに行こうとはしなかった。ドアのとなりで座席にもたれ、茶色いひじを窓から出していた。松の枝をぬって太陽の光がちらちら踊り、道を横ぎって飛んできた赤い鳥カージナルが二羽、ふっと高度をさげて、わたしたちの目の前を過ぎていった。

「たしかにきれいなところだね」マグノリアがつぶやいた。「セイターというこの地は」

訳注＊1　「テイター（tater）」は、ジャガイモという意味の口語。

16

家に入ると、流しにはよごれたお皿が山積《やまづ》みになっていて、それが一面にカウンターの上まであふれていた。かあさんの部屋からは、変なにおいがした。一週間以上お風呂に入らず、例のねまきも着がえなかったせいで、すえたようなにおいがするのだ。ブラインドは閉めきられたままで、部屋は暗く、いっそう気がめいる。眠《ねむ》っているかあさんにまとわりつくように、ハエが一匹飛んでいる。

ミズ・ユーラは、まったく家事をしてくれなかったというわけだ。でも自分の家だってきれいにしていないのだから、わたしたちのところでは特別だと期待したほうも、いけなかったのだろう。ブラックベリーパイなら、三つも作ってくれたけれど。バトンルージュに行く前に、わたしがつんだブラックベリーで。

「全能なる主よ!」

マグノリアがつぶやき、首をふった。帽子がこきざみに揺れた。

とうさんが、耳まで赤くなった。

「ぼくが皿洗いをしとくべきだったと思いますが、毎日家に帰ってくると、そのとたんにコリーナが、ずっとそばにいてほしがるもんだから」

マグノリアは、例の紙ぶくろを持ったまま立っていた。日がさの柄《え》が、わたしたちを非難《ひなん》する指のように、こちらを指している。

「かあさん、いつもこんなではないんです」わたしも言った。「ただ、おばあちゃんが死んじゃったから」

「仕事をするために、私は雇《やと》われたんだよ」と、マグノリア。「だから、そうするつもり」

まるでブタ小屋でもながめるように、マグノリアが家のなかを見まわしたとき、わたしは全身が熱くなった。おばあちゃんが生きていたときには、家がこんなにかたづいていなかったり、におったりしたことは、けっしてなかったのだ。

わたしは恥《は》ずかしさのあまり、とつぜん胃《い》まで痛くなった。

「どっちにしても、お皿を洗うのはわたしの仕事です。すぐにやりますから」

マグノリアは口をすぼめ、わたしを白いゴミのようにじろじろ見た。

「ふーむ……」

とうさんは寝室に行くと、ハエをたたいた。

「コリーナ」

指でかあさんの髪をなでながら、とうさんがやさしく声をかけた。

「マグノリアが来たよ」

かあさんは目を開けて、ドアのほうを見た。マグノリアが立っているあたりを。わたしは緊張《きんちょう》した。くさくなったシーツに寝たままのかあさんのことを、マグノリアはなんと言うだろう。

だがマグノリアは、口を開くかわりに紙ぶくろを置き、会ってからいちばんにこやかな笑顔で、部屋に入っていった。

「こんにちは、コリーナさん。マグノリアです」

かあさんは、まばたきした。

「タイガー、どこ?」

わたしは部屋にかけこんだ。

「ここよ、かあさん。ほら、ちゃんと帰ってきたでしょ」

わたしはかあさんの頰《ほお》にキスし、頭をなでた。近くにいると、においはいっそう強烈《きょうれつ》だ。かあさんのねまきの両わきには、大きな汗じみが広がっている。

「ロニーさん」マグノリアが言った。「長い一日でした。つかれてきましたし、あっという間に動けなくなりそうです。きょうは宿に行って、明日からはたらくのではいけないでしょうか?」

わたしはマグノリアのところまで行くと、とうさんが話しだす前に言った。

「もちろんかまいません。ドリー・ケイおばさんも、きょうからはたらくようにとは言っていなかったもの」

なんだかえらそうな言いかたに、わたしは自分でおどろいた。マグノリアの笑顔も、しかめ面に変わった。

「あんたの名前は、ロニーさんだっけ?」マグノリアが言った。

とうさんは、玄関のほうへ歩きだしている。

「よかったら送ります」

「助かります」

黒人街を見るチャンスだったが、かあさんを置いていくわけにはいかない。わたしはお皿を洗うために、台所へ向かった。


翌朝《よくあさ》、めざましどけいが五時三十分に鳴ると、わたしはアルバイト初日にむけて、急いで着がえた。台所では、マグノリアがもう朝ごはんを作っていた。おばあちゃんのエプロンをして、おばあちゃんの戸だなを開け、おばあちゃんの薪《まき》のコンロで料理している人を見るのは、奇妙な感じがした。

「どうやって来たの?」わたしは聞いた。

「まず、おはようございます、アン」ボウルでホットケーキのたねを混《ま》ぜながら、マグノリアが言った。「歩いてきたんだよ。ほんのちょっとの距離でしょ。そうすれば、神さまの奇跡《きせき》のひとつも見られるというもの」

「奇跡？」

「日の出。ピンクに、紫《むらさき》に、オレンジ。神さまは、毎日をどうやって祝福《しゅくふく》すればいいか、よくごぞんじだったんだね。そうしてあんたのおばあちゃんは、台所をどうやって整《ととの》えればいいか、よくごぞんじだった。なんにもさがしまわる必要がないねえ」

マグノリアは、たねをフライパンに流しいれた。

「私、あんたのかあさんととうさん、好きだよ。いい人たちだ。ここには女の子のほしいものが、なんでもそろってるみたいだけどね。自分を愛してくれるかあさんととうさん。きれいな家。まあ私だったら、ひとつかふたつ鳥の巣箱もほしいけど」

わたしはだまっていた。マグノリアは、焼けて金色になってきたホットケーキを、フライパンのなかでひっくり返す。

「あんたのおばさんは、いい人もつかまえられないぐらい、家には帰ってこないんだよ。なんであんたのためなら帰ってくると思うの？」

マグノリアが、あのおせっかいなミズ・ユーラにかさなりはじめた。わたしはとうさんが近くにいないのを確かめてから、答えた。

「ドリー・ケイおばさんは……じゃなくてドリーンおばさんは、わたしがいないほうがいいなら、いらっしゃいとは言わなかったはず。それにかあさんじゃ、わたしのめんどうを見られないもの」

「めんどうを見る？　あんた、もう大きいでしょ。私があんたの年だったときには、私のかあさんは横になってばかり、けっきょくそのまま死んじまった。世の中にこき使われ、ぼろぼろになってね。あとには五人の弟や妹が残されたけど、私がめんどうを見た。あんたの家族は、あんたを必要としているよ。いずれにしても、あんたのかあさんはじきにベッドから起きあがる。見てごらん」

「トンプソン農園に行く時間だぞ」

とうさんの声が聞こえてきたとき、わたしは思わず胸をなでおろした。だが、胃が落ち着かなくなった。ジェス・ウェイドと顔をあわせるのは、「ほっといてよ」と言ってしまって以来なのだ。でも彼は、夏休みにはねぼうするし、その上わたしが知っているかぎり、これまで苗木畑でちゃんとはたらいたことは一度もない。

ともかくこのとき、わたしはそう思った。

だが、トラックからおりて二歩も歩かないうちに、ジェス・ウェイドが走ってきたのだ。巻き毛には寝ぐせがついたままで、まくらに押しあてていたほうの髪が、ぺったり平らになっている。目もはれぼったい。

「おはよう」

そう言っただけで息が切れたらしく、背中をまげて、ひざの上に両手をついている。ようやく顔をあげると、わたしを見るなり、目が牛の目みたいに大きくなった。

わたしは両手で髪を押さえた。

「おはよう、ジェス・ウェイド」とうさんが言った。「がんばって早起きしたな」

ジェス・ウェイドは、答えながらもわたしから目をはなさなかった。

「とうさんに、手伝ってほしいって言われてるんです。カメリアの〈ルイジアナレディ〉やなんかの世話を」

わたしはよそを向いた。畑に植えられた小さいカメリアのひと群れに、オーティスが長いホースを引きずりながら、水をやっている。

トンプソンさんが、いつもの緑の車でやってきた。

「ロニー、ここの仕事を、ちょっと息子に教えてやってくれるかな？　今まで一度も汗水《あせみず》たらしてはたらいたことのないやつだが、素質《そしつ》はあると思うんだ」

ジェス・ウェイドが赤くなった。わたしはちょっぴり同情した。胸がちくりとした。

「承知《しょうち》しました、トンプソンさん」とうさんが答えた。

「私は〈ルイジアナレディ〉の件で、例の男に会いにダラスまで行ってくる。二、三日でもどるがね。私のかわりに、しっかり畑を見ておいてくれ。たのんだよ」

「承知しました、トンプソンさん。しっかり畑を見られて、光栄です」

「久しぶりだね、タイガー」

トンプソンさんは、わたしをじっと見てから言った。

「タイガー、なんだかようすが変わったね。おとなになりかけているってことかな」

トンプソンさんは今〈ルイジアナレディ〉しか頭にないから、わたしが六十センチも髪を切ったことにさえ気がつかないのだろう。そうしてまた車に乗ると、赤い土ぼこりを巻きあげながら走り去った。

ふと、ジェス・ウェイドとわたしが、たがいに見つめあった。だが、すぐにとうさんの声がした。

「さあ、仕事仕事」

わたしたちが歩いていくと、ショーティ・キャルホーンとミルトン・ランバートが、柱にもたれて立っていた。

「おはよう」

とうさんは頭をさげて、あいさつした。

ショーティがにやにやした。

「おいロニー、ここは苗木畑だ。保育園じゃないぜ」

そうしてミルトンのわき腹をつつき、いっしょに声をあげて笑った。

とうさんは耳まで赤くなり、ふたりのいじめっ子から逃げようとする男の子のように、その場をはなれた。わたしより二、三センチ背の低いショーティ・キャルホーンの、どこがそんなにこわいんだろう。ミルトンも、小児まひ《ポリオ》で左足を引きずるから、だれにも飛びかかることなんかできないのに。ただふたりとも、日曜の晩になると、ナイトクラブ〈ウィグワム〉で、ひどくお酒を飲むらしい。

ショーティは、割れたビールびんでけんか相手の耳たぶを切り落として、ひと晩牢屋《ろうや》ですごすはめになったことがあったと、前におばあちゃんが話していた。

「あの人は飲みだすと、自分が一八〇センチ以上ある気になるんだよ」

おばあちゃんがそう言うのを聞いて、あのときはみんなで笑ったが、きょうはとうさんを見るショーティの目つきに、なにかいやな感じがあった。

そこへ、トンプソンさんの奥さんがやってきた。ショーティとミルトンは、もう何時間もはたらいていたみたいに、急にシャベルを動かして植物を掘《ほ》りだしはじめた。

「おはよう、ロニー」奥さんが言った。「タイガー、すてきな髪型になったわね。バトンルージュで切ってきたの？」

奥さんは、ジェス・ウェイドに腕をからめた。ジェス・ウェイドが赤くなったことといったら、熟《じゅく》した六月のイチゴ以上だった。

「ロニー、息子に仕事のコツを教えてやってくださいね」

そうして今度は、ジェス・ウェイドの巻き毛を指でとかした。

「ちょっと、かあさん！」

ジェス・ウェイドは、からだを引いて逃げた。

「あんまりがんばりすぎちゃだめよ、ぼうや。あなたはつかれやすいんだから」

ジェス・ウェイドが気づまりになっているのはわかったが、それでも、わたしにもあんなふうにあれこれかまってくれるかあさんがいたなら、と思わずにいられなかった。

とうさんは、はじめに挿《さ》し木のしかたを教えてくれた。まず植木ばさみを手にとり、カメリアの茂《しげ》みから、十五センチほど枝を切りとる。

「ここに植えてあるものが、トンプソンさんの〈ルイジアナレディ〉なんだ。だから、とっても、たいせつに扱《あつか》わなきゃだめだ」

そう言いながら、とうさんが小さな枝を一ダースほど切りとると、わたしたち三人は、今度は砂山の前にしゃがんだ。とうさんは砂のなかに、枝をまっすぐ立てはじめる。枝の半分以上が、砂のなかにうまる。

なにをやっているのか、わたしにはわからなかった。そして、とうさんも自分のやっていることがわかっていないのではないかという疑いが、どんどん強くなった。砂からつき出たこれら何百もの小枝を、トンプソンさんが見つけて、なぜロニー・パーカーに給料をはらっているのかと、首をひねりはしないだろうか。そんな想像を、わたしはいっしょうけんめい打ち消そうとした。

「ねえ、とうさん、この小枝はぜんぶ、砂のなかでどうなるの?」

とうさんは目くばせすると、何列かむこうについてくるよう、指で私たちに合図した。それからやさしく小枝の一本を引きあげると、その根もとには、細いひげのような根が育っていたのだ。わたしはほっとして、息をついた。

「すごいだろう?」と、とうさん。

つづいて、その根のはえた小枝の植えかえを、とうさんは教えてくれた。板紙と呼ばれる長い段ボールの厚紙でできた入れものに、次つぎ移していくのだ。入れものは、壁のない古い小屋に置かれるので、植物は日光も受けられるし、日かげにも守られるというわけだ。そうしてここでじゅうぶん大きくなったら、今度は約四リットルの容量の鉢《はち》に移されて、温室でさらに育てられる。

「鉢でもたりないぐらい大きくなったら、土におろすんだ」

とうさんはそう言って、ショーティとミルトンが小さなカメリアを植えているあたりを指《さ》した。

「で、売るときがくるまであそこに植えておく。売るときがきたら掘りおこして、土のついたままの根を、麻《あさ》の布でくるむ」

とうさんは目の上に手をかざし、くもり空をながめながら太陽をさがした。

「昼めしの時間みたいだな」

とうさんは、とうさんのおじいさんからゆずり受けた腕どけいをしていたが、それは見ずに、太陽の位置から時刻を読んだ。

「あの木のところに行く?」

ジェス・ウェイドが、とても自然にわたしに聞いた。おばあちゃんとかあさんとわたしで、ムラサキインゲンをつんだ日のように。

わたしはとうさんのほうを見た。

「行っといで。とうさんはオーティスと食べるから」

ショーティとミルトンは、ショーティのトラックにもたれて、もう食べはじめている。とうさんは、オーティスのいる苗木畑のむこう側に歩いていった。そのうしろ姿に、バスの後部座席へ歩いていったマグノリアの姿がかさなった。そしてふと、前におばあちゃんが言っていたことが、頭によみがえった。

「人はね、自分とは〈ちがっているもの〉がこわいんだよ」

だとしたら、かあさんととうさんは、オーティスやマグノリアと同じなのかもしれない。それから、あのドラッグストアをのぞいていた黒人の男の子とも。世の中にはそういう人びとを、自分たちとはあまりにちがっていると思う人たちも、いるのだ。

木かげにすわってジェス・ウェイドとお昼を食べるのは、きまりわるかった。ドリー・ケイおばさんとの約束も頭をよぎったが、サンドイッチで口がぱさぱさして、「ごめんね」ということばをうまく発音できない気がした。

とつぜん、ジェス・ウェイドが両方の手のひらで頬《ほお》を押さえて、ぺちゃんこの顔になってみせ、こう言った。

「運転手さん、バスに乗せてもらえませんか?」

わたしはあ然として、彼を見つめた。どうかしちゃったんだろうか。すると彼は、今度は目じりを指で引っぱって、こう言った。

「ママ、ママ、ポニーテールをきつく結びすぎよ」

思わずわたしは笑った。彼は、ほっとした顔になった。

「そんなのどこでおぼえたの？」わたしは聞いた。

「いとこのヴァーノンから。ラファイエットの子たちは、みんなやってるんだって。じゃあ、これはどう？」

ジェス・ウェイドは、人さし指を右の頬《ほお》に入れて、ふくらませた。

「奥さま、かさを閉じていただけませんこと？」

指が入っているおかげで、こもったような変な声。

わたしたちはいっしょに笑った。それからジェス・ウェイドが聞いた。

「どうして髪の毛ぜんぶ切っちゃわなきゃならなかったの？」

「ぜんぶじゃないけど」わたしは毛先を引っぱった。「あなたのおとうさん、苗木畑ではたらくようになって、ほんとにあなたにたのんだの？」

ジェス・ウェイドはうつむいて、手で草の葉をなでた。つめの先が黒く泥《どろ》でよごれている。こんな彼の手を見たことは、これまでなかったかもしれない。

「うん、手伝いは必要だったし。それに……きみが来ると思ったから。きみが怒《おこ》ってるのか、そうじゃないのか、知りたかったんだ」

「ジェス・ウェイド、『ほっといて』なんて言って、ごめんね。あなたがひとりであのパーティーに行っちゃったから、わたし、裏切《うらぎ》られたみたいに感じてたんだと思う。それに、混乱したの。あなたが……いきなりあんなことしたから」

その日もう何度目だろう、ジェス・ウェイドが、まっ赤になった。

「わたしはね、友だちのままでいたいの」わたしは言った。

ジェス・ウェイドが、大きくにっこり笑った。

「けっきょくさ、ぼくたち、血で誓《ちか》ったきょうだいだろ。おぼえてる?」

「うん、おぼえてる」

数年前、わたしたちは長いあいだ、あの針を見つめていた。それからわたしは意を決して、その針の先で指を刺《さ》した。とたんにジェス・ウェイドは青ざめて、きょうだいの誓いをたてるのに、ほんとうに血を流さなくてもいいらしいよと言った。指をたがいにこすり合わせるだけで、血を流すのと同じ効果《こうか》があるというのだ。わたしは指から血をしたたらせたまま、そこにすわりこんでいて、ジェス・ウェイドのほうは、まったく無傷《むきず》だった——。

まもなく昼休みが終わり、ジェス・ウェイドとわたしは、午後の仕事として、土のついた根をつつむための麻の袋《ふくろ》を切りわけた。ショーティはわたしをおどそうとするように、わたしをにらみつづけていた。ミルトンは、ショーティのすることをなんでもやろうと、足を引きずりながら彼のあとをついて歩いていた。ショーティのくだらない冗談《じょうだん》に飛びついたり、笑ったりしようと、待ちかまえているみたいだった。

午後四時半、とうさんが言った。

「引きあげる時間だ」

とうさんとトラックに乗り、家も近くなってくると、物干しロープに洗濯物《せんたくもの》がならんでいるのが見えてきた。そうしてわたしは、気がついた。わたしのジーンズやショートパンツに混じって、まんなかで風にひるがえっているのは、かあさんのねまきだ、と。

17

とうさんとわたしは、つまさきだってポーチの階段をのぼった。そうして網戸《あみど》のドアをそっと開けると、靴《くつ》をぬいだ。

「レディファースト」

とうさんが手でドアを押さえて、そう言った。わたしは息をころして中に入った。

ナマズをフライにしているジュージューいう音と、おいしそうなにおいが、家じゅうにあふれている。テレビはついておらず、かわりにラジオから音楽が流れている。台所ではマグノリアが、ナマズの切り身にあらびきトウモロコシをまぶして、黒い鉄なべで熱くなっているたっぷりの油に、落とすように入れている。ざっと部屋を見まわしたが、かあさんのまくらはどこにもない。

「かあさんは?」

私はマグノリアに聞いた。とうさんは、わたしのまうしろに立っている。あらい息づかいが聞こえてくる。

マグノリアは首をちょっとかたむけて、開いている裏口を指した。ポーチでこちらに背を向けて、かあさんがいすにすわっていた。豆をむくときのボウルをひざに置き、ジャガイモの皮をむいている。ぬれたままの長い髪からしずくが肩に落ち、きゃしゃなからだは、おばあちゃんのブルーのねまきをゆるりとまとっている。

その手が、ジャガイモの皮をひとつながりの長いらせん状にむいていくのを、わたしはじっと見つめた。皮が床に落ちると、ジャガイモにはわずかなむき残しもない。

とうさんが、かあさんの背後《はいご》に行って、ほっと緊張《きんちょう》をとき、かあさんの髪に触れた。かあさんは、ジャガイモをボウルに落とすと、ふりむきもせずにその手をにぎり、そのまま頬《ほお》ずりをして目を閉じた。そんなかあさんとうさんのようすを目《ま》のあたりにするだけで、わたしは、なにか力づよいもので満たされていく気がした。しばらくわたしは、ふたりをながめ、大気の甘いにおいをかぎ、カエルたちが合唱するのを聞いていた。むこうでラジオがやさしく鳴っていた。

わたしはまたつまさきで、台所にもどった。マグノリアはタマネギを切っていた。口にマッチ棒を一本くわえている。それを口のはしにずらすと、わたしに言った。

「食卓、ならべる?」

わたしがテーブルにお皿を四枚置いていると、マグノリアが話しかけてきた。

「あんたのかあさん、ゆっくりお風呂に入って、シーツも、私といっしょにきれいなのに取りかえたよ」

わたしはあたりを見た。カウンターも窓もぴかぴかだ。

「ナマズはどうしたの？」

「あの郵便屋のホラスだよ。今朝《けさ》郵便といっしょに、どっさり置いてったの」

胃の位置が、急降下《きゅうこうか》した気がした。

「ホラスが？」

そう想像しただけで――親切なことをするホラスを、ホラスがさわったものを食べる自分を、想像しただけで――めまいがしそうだった。

「ぜんぶきれいにしていってくれたけど、私がもう一度洗った。私の料理は、まちがいなく、衛生的《えいせいてき》でありたいからね。ひよこもひと箱持ってきてくれたから、鶏《とり》小屋に置いてきたよ」

わたしはひよこのことを、すっかり忘れていた。おばあちゃんが注文したと言っていたっけ。あれは亡くなる前の晩のことだった。わたしは鶏小屋の門が閉まっているかどうか、どうしても確かめにいきたくなった。と、そのとき、急に雷《かみなり》が鳴った。

「おお、主よ！」マグノリアが叫んだ。「洗濯物が！」

「取ってくる」

私はそう言うと、ならべかけのフォークをテーブルの上に投げだした。ガチャガチャと音がした。台所を飛びだし、ポーチにいたかあさんととうさんの前を通りすぎて、わたしは物干しロープのところへ走っていった。ちょうどそのとき、空から雨つぶが落ちてきた。手あたりしだいに洗濯物をはずしていると、ロープにおばあちゃんのあの日よけ帽が三つ干してあるのが目に入った。ほんの二、三週間前には、あの日よけ帽をかぶって、わたしたちはいっしょにトンプソン農園ではたらいていたのに。

残りの洗濯物を取りこみに、もう一度ロープのところまで走ってきたときも、日よけ帽は雨のなかに残しておいた。そうしておいたら、なんだかおばあちゃんが帰ってきそうな気がしたのだ。もしおばあちゃんが帰ってきてくれるなら、わたしはあのかっこわるい日よけ帽も、喜んで堂どうとかぶる。アビー・リン・アンダーズの前でだって、かぶってやる。

家にかけもどるとちゅう、わたしは鶏小屋のほうを見た。門はしっかり閉まっていた。

三十分後、フライドポテトとナマズのフライがならんだ大皿と、ムラサキインゲンが盛《も》られたボウルが、テーブルに現れた。取り皿は、一枚少なくなっていた。

「帰ったほうがいいと思うんで」

マグノリアが言った。手には、それぞれの料理をのせた取り皿があった。

とうさんが、かさをひじにかけて台所から出ていくマグノリアに声をかけた。

「送っていくよ、マグノリア。ぬれていくことなんかない」

「そうしてもらおうかしらね」とマグノリア。「それじゃあ、ミズ・コリーナ、今夜は私のかわりに、あんたとタイガーで皿洗いをしたいってことでも、文句《もんく》は言わないよ」

かあさんは、内気な生気《せいき》のない目で、マグノリアを見あげた。だがそれから、かすかににっこりした。とうさんの肩が、ふうっとさがった。つかえていた息が、ようやく出ていったように。

バトンルージュにいたときは、マグノリアはだれにも家事をさせなかった。でもここでは、あれこれみんなにまかせている。おばあちゃんと同じように、多少のお手伝いはだれの害《がい》にもならないと考えているのかもしれない。そうしてかあさんは、ジャガイモをむくことで、もとのかあさんにもどるきっかけをつかんだようなのだ。

帰ってきたとうさんは、変な顔をしていた。

「なにか、くる」

「なにかって、なにが?」わたしは聞いた。

「まだわからない」

十五分後、そろって食事をしていたわたしたち三人は、外がさわがしいのに気がついた。とうさんとわたしは、走ってリビングの窓まで行った。

赤いカージナル、ブルージェイ、ルリツグミ、スズメ、ロビン——何百羽という鳥たちが、木々の枝に止まっている。そうしてうるさく鳴きたてて、なにかたいせつなことをわたしたちに伝えようとしているかのようだ。

とうさんが、うなずいた。

「うん、まちがいない。なにか、くる」

18

鳥たちのさわがしさのせいで、わたしはひと晩じゅう寝《ね》がえりばかり打っていた。まくらの下に顔をつっ込んで眠《ねむ》ろうとしてもみたが、それでも鳴き声が聞こえてきてだめだった。目をつぶり、頭のなかでカメリアの挿《さ》し木を何列も何列もかぞえているうちに、ようやく眠りに落ちていった。

次の日の朝は、気味がわるいほど静まりかえったなかで、目がさめた。ベッドから出ると、ブランドがドアを引っかいている音がする。開けてやるとリビングに飛びこんできて、そのままソファの下にもぐりこんだ。

ガタガタいう音がして、窓の外に目をやると、家の前にオーティスのぼろトラックが止まった。そうして中から、かさとハンドバッグを持ったマグノリアがおりてきた。

ドアを開けると、マグノリアは玄関マットで靴をぬぐっていた。

「またひと雨きそうな空もようだね」マグノリアが言った。

とうさんがリビングに入ってきて、聞いた。

「かあさん見かけた?」

「ううん」

マグノリアはまゆをしかめると、「ミズ・コリーナ!」と呼びながら、台所へ向かった。

わたしはおばあちゃんの寝室をのぞいてみたが、そこにもかあさんはいなかった。

とうさんが玄関から、わたしは裏口から、走って出た。そうしてちょうどまんなかで顔を合わせると、かあさんはそこにいた。おばあちゃんの菜園で、ライマメをつんでいた。おばあちゃんのねまきを着たままで、ひざのあたりに泥のしみがついている。ひざをついたにちがいない。力まかせにつるからライマメを引っぱっては、茶色い袋《ふくろ》に入れている。

「コリーナ」とうさんが呼んだ。「ぬかるみから出たほうがいい。空のようすが変だ」

かあさんの口のはしから、舌先《した》がのぞいている。夢中になっている証拠《しょうこ》だ。髪がはらりと顔に落ちてきたが、かあさんはよごれた手でそれを耳にかけた。

マグノリアが、網戸《あみど》のドアのところから大声で聞いた。

「あの子、いた?」

「います……ここ、菜園です」わたしが答えた。「中に入るように言ってるところです」

「ほっときなさい」とマグノリア。

わたしは思わず、「あなたの知ったことじゃないでしょう?」と言いそうになった。でももしマグノリアがいなかったら、今でもかあさんは、くさくなったねまきを着がえもせずに、ベッドに横たわったままだったかもしれない。

とうさんとわたしは、かあさんを菜園に残して家にもどった。三十分後、わたしたちが仕事にでかけるときも、かあさんはまだそこにいた。

トンプソン農園に行くとちゅう、アンダーズさんのところの柵《さく》に、またこわれているところがあったが、きょうは牛を道からどける必要はなかった。牛たちはみな、牧場でひとかたまりに身を寄せあっていたからだ。ミズ・ユーラのまわりに、おばあさんたちが集まっているみたいに。

とうさんのまゆが、両方ともさがった。

「うーむ。なにかわかってるんだ、牛たちには。鳥たちとおんなじように——みんな飛びたっていったからな」

わたしたちが農園に着くと、ミルトンとショーティは植えつけの畑にいた。ショーティが鍬《くわ》で土をほぐし、ミルトンが草とりをしている。オーティスは、土と根のついた植物を麻《あさ》の布でくるんでいる。

とうさんはトラックを駐車《ちゅうしゃ》すると、「温室に行って、運べるだけの四リットル缶《かん》を小屋に運べ」とわたしに言った。「どうして?」とわたしは聞いた。

「あとでわかる」とうさんがまゆを寄せた。「これ以上説明してるひまはないんだ」

とうさんがわたしに短気な態度をとったのは、生まれてはじめてのことだった。

見たところ、あたりにジェス・ウェイドの姿はない。きのう一日しっかりはたらいたことで、つかれきってしまったのかなと思ったが、次の瞬間、彼が〈ルイジアナレディ〉の挿《さ》し木をしているのに気がついた。両手でぎこちなく植木ばさみをにぎって、真剣《しんけん》そのものの表情だ。

そこへとうさんが歩いていった。

「ジェス・ウェイド、大至急《だいしきゅう》おかあさんを呼んできてくれる？」

「わかりました」

ジェス・ウェイドは、家に向かってかけだした。

そうしてすぐに、トンプソンさんの奥さんともどってきた。奥さんは、ジーンズにひざまであるトンプソンさんの仕事用長靴をはき、シャツもトンプソンさんのものを着ている。

「おはよう、ロニー。どうかしたの？」

とうさんは咳《せき》ばらいをした。

「ミズ・トンプソン、ぜったいとは言えませんが、天候の上で、なにかものすごく大きなことが起きようとしてます」

「どういうこと？」

奥さんは、空を見た。

ショーティとミルトンも、こちらへやってきた。オーティスは二、三メートル先に立っている。

そうして全員が、とうさんを見つめている。

「えーとですね、あの鳥たちです。きのう、うちの木に止まってたんです」

「ちっ」ショーティが、くわえたばこの位置を変えながら言った。「木に鳥だと？　なんとものすごくめずらしいながめだろうよ」

とうさんは、ショーティのほうを見なかった。奥さんをまっすぐ見たまま話しつづけた。

「何百万羽もいたんです。いや、何百万羽とは言えないな。かぞえたわけじゃないし。でもその鳥たちが、鳴くことさわぐこと、どうしてもだまらない。それが今朝《けさ》、日がのぼる前にみんないなくなったんです」

奥さんがまゆをしかめた。

「お話の意味がよくわからないんだけど、ロニー」

わたしは、さっと顔が赤くなるのを感じた。

「鳥たちは、ぼくたちの知らないことを知ってるんだと思います」とうさんが言った。

ショーティがまた口をはさんだ。

「ああ、そうだろうな。そのままそこにいたら、セイターじゅうのネコが集まってくるってな」

ミルトンがにやにや笑い、とうさんの耳はまっ赤になった。だが奥さんは聞いた。

「あなたは、それがどういうことだと思うの？」

「ぼくはそれが、大嵐《おおあらし》が近づいてるってことだと思います。鳥たちは、それを知ってたんです。それからアンダーズさんのところの牛たちも」

最後のほうは、聞きとれないぐらいの弱よわしい声だった。

奥さんが、またまゆを寄せた。

「アンダーズさんのところの牛が、どうかしたの？」

「牧場で、みんなひとかたまりになってました」

「嵐の前に牛がそうするって話、聞いたことがあるわ。キャメロンのほうにハリケーンがくるらしいけど、それと関係あると思う？」

ジェス・ウェイドが、大声を出した。

「かあさん、きっとそれだよ」

まっさきにとうさんの味方をしてくれたジェス・ウェイドを見て、このときわたしは、彼がなぜわたしのいちばんの友だちだったかを、はっきりと思いおこしていた。

ショーティが鍬を持ったまま、一歩前に出た。

「そのハリケーンなら、このあたりにはなんの関係もありませんぜ。セイターでは多少雨が降るかもしれないが、それだけです」

トンプソンさんの奥さんは、無視《むし》した。

「それであなたは、私たちがどうしたらいいと思うの、ロニー？」

鍬を持つショーティの手に、あまりに力が入って、指の節ぶしが白くなった。

とうさんは、また咳ばらいをした。

「私たちは、〈ルイジアナレディ〉を守らなくてはならないと思います。トンプソンさんがあんなにいっしょうけんめい世話してきたんだから、雨で流されたり風に打たれたりして、枯《か》らしてしまうわけにはいきません」

ショーティはかたずをのんでいるようで、こめかみに血管が浮きでている。今にも鍬でとうさんになぐりかかりそうで、わたしはこわかった。

トンプソンさんの奥さんは、じっと空を見つめた。あたりはどんよりと暗く、雲は吹きよせられたように集まっているが、風もなく、雨の気配もない。

「わかったわ」奥さんが言った。「どうしたらいいか、言ってちょうだい」

ショーティが奥さんのほうへ、さらに一歩つめ寄った。

「こいつの言うことを、聞くなんておっしゃるんじゃないでしょうね？」

ことばとともに、たばこのヤニで黒くなったつばが飛ぶ。

奥さんは、うしろへさがった。

「もちろん聞くわ。そうしてあなたもよ。自分にとってなにが最善《さいぜん》かわかるならね」

ショーティは、指で額《ひたい》をたたいた。

「だけどこいつはばかなんですぜ！　のろまの言うことなんか聞いたと知ったら、トンプソンさんがなんと言うか」

奥さんの顔がけわしくなった。そうしてショーティと顔がくっつきそうなほど近くまで、進みでた。

「今トンプソンは不在で、不在のときは私が責任者です。その私が、ロニーの言うことを聞くと言ってるの」

奥さんの声はかすかに震《ふる》えていたが、本気だった。トンプソンさんは、奥さんのフランス系気質についてよく冗談《じょうだん》を言っていたが、あれはやっぱりふざけていただけなんだと、このときわたしは思った。

「ふうん、おればばかや女から指図《さしず》を受けるのは、まっぴらだ。次はあんた、そこのガキどもに、どうしたらいいか聞くんだろう」

「でしたらもうお帰りください、キャルホーンさん」

ショーティは鍬を投げだすと、帽子をまっすぐになおした。

「じゃあそうさせてもらおう。行こうぜ、ミルトン」

ところがミルトンは、動かなかった。うつむいて、その場に立ちつくしている。

「同じように思うのなら、ミルトン」奥さんが言った。「あなたもどうぞお帰りください」

ショーティが歯を食いしばった。

「来いよ、ミルトン」

ミルトンは、鍬を拾った。

「ごめん、ショーティ。おれには食わさなきゃならない家族がいるから」

ショーティは、長いあいだミルトンをにらんでいた。ミルトンの不自由な足がわなないた。だが彼は行こうとしなかった。ショーティはよろめきながら向きを変えると、ぬかるみを踏《ふ》みつけるようにしながら、小さな足あとを残して去っていった。

「もう帰ってこなくていいです」奥さんが叫んだ。

ショーティはずんずん歩きながら、どなり返した。

「トンプソンさんがなんて言うか、楽しみだな」

奥さんは頭をふった。それからとうさんを見た。

「まずどうしたらいい？」

「ミズ・トンプソン、もし家が少しよごれてもかまわないなら、植物には家のなかが一番だと思います。新聞紙やシートを敷《し》けば、そんなにきたなくはならないです。風が吹きだしたら、挿し木はガキのいたずらより速くやられます。まずバケツに入れてやらないと。それからどんどん家に運んで、時間があったら畑の植物も掘りだしたい。土のなかでもだいじょうぶかもしれませんが、保証《ほしょう》はないんで」

「急ぎましょう」奥さんが言った。「私はキッチンの床に、新聞紙を広げるわ」

ジェス・ウェイドとわたしは、とうさんについて小屋へ行き、バケツをいっぱい持って挿し木の畑に行った。オーティスとミルトンは、もう少し育った植物を家に運びはじめた。

「やさしく、やさしく」

とうさんの声がした。わたしは挿し木を、大いそぎで砂から引きぬいていたところだった。

「根を傷つけたくはないだろう。いいかい」

そう言うと、とうさんは前日と同じように挿し木をぬいて、茎《くき》の下からはえているとても小さな根をわたしに見せた。

「まだ赤ちゃんみたいなもんなんだ」

わたしはあわてないように気をつけながら、やさしく挿し木をバケツに移しだした。

「そうそう」と、とうさんの声。「その調子」

数分後、とうさんはジェス・ウェイドとわたしをその場に残し、大きくなった植物を運んでいるほかの人たちの手伝いに行った。わたしたちも、持ってきたバケツぜんぶがいっぱいになると、家に運びだした。ジェス・ウェイドの家のキッチンもリビングも、バケツに移されたカメリアでうまり、温室のようになった。

ミルトンは、とうさんの指示にしたがいながら、足を引きずっていた。ひとことも口をきかなかったが、思っていることははっきり顔に書いてあった。「おれは、ばかなんかの命令にしたがっている」と。

そのとき、聞こえてきた。風の音が。窓に吹きつける低いうなり声のような音が。高い松の木のこずえがゆさゆさと揺れ、枝は上に下にと踊っている。ミルトンの顔が、ぐっと窓のほうにつきでた。そのなま白《じろ》い顔が、ますます白くなったのはまちがいない。今ごろショーティのやつも、とうさんについて考えをあらためているだろうか。だがわたしの誇《ほこ》らしさは、すぐに恐怖《きょうふ》にとってかわられた。

「ミズ・トンプソン、もしよろしければ、タイガーは家に帰って母親といっしょにいるほうがいいと思うんですが」

「そうね。ロニー、あなたも帰っていいのよ」

「いいえ。トンプソンさんはぼくに見ているようにって言いましたから、ぼくはそうします。まだ仕事は山ほど残ってるんです」そうしてわたしのほうを向いた。「タイガー、森をぬける近道はだめだ。舗装《ほそう》された道を帰れ、急いで」

ジェス・ウェイドが、不安そうにわたしを見た。

「送ってほしい?」

わたしが答えるより早く、トンプソンさんの奥さんが言った。

「ジェス・ウェイド、植物がもっと置けるように、寝室のほうにも少し場所をつくってほしいの」

ジェス・ウェイドが嵐のなかに出ていくのが、奥さんにはどんなに心配なことか、わたしにはよくわかった。わたしはかあさんのことを考えた。そして、たがいに求めあう家族というものについて、マグノリアが言ったことを思い出していた。

「タイガー、これ」

奥さんがキッチンのひきだしを開け、黄色いスカーフを出した。

「これを頭に巻いていって。くれぐれも気をつけてね」

わたしは風と競走するように、道を走った。ところが、思いもかけなかったものに出くわした。ミス・アスターの子牛パンジーが、道のわきのぬかるみにはまり、おかあさんを呼んで大声で鳴いていたのだ。

地平線に、稲妻《いなずま》が走った。トンプソンさんの奥さんが貸してくれたスカーフが、だれかにもぎ取られたみたいに頭から吹きとばされた。わたしはあわてて、それが道に落ちる寸前《すんぜん》にキャッチした。

それからわたしは、パンジーのおしりを押してやったが、かえって前脚《あし》が泥《どろ》のなかにめりこんでしまった。パンジーはあいかわらず鳴いている。牛というより子ヒツジみたいな鳴き声だ。わたしは泥のなかに入っていき、パンジーの胴体《どうたい》に両腕を巻きつけて、思いきり引っぱった。それからもう一回、二回、三回。ようやくぬかるみから脚がぬけたと思ったとたん、パンジーはちがう方向に向かって走りだした。

こんなところでパンジーの心配をしてるのが、なんでアビー・リンじゃなくてわたしなの？　でもわたしは、ほっておけなかった。走って家に帰るかわりに、棒《ぼう》きれを拾って、パンジーのおしりをたたきながらアンダーズ牧場に向かわせた。なんだかフレッド・アステア*1のダンス教室で、パンジーとふたり、いちばんへたくそな生徒になった気分だった。パンジーが左にかけだせば、走って追いかけ、右に向きを変えさせる。

そうこうするうちに、とうとう柵《さく》がこわれている箇所《かしょ》まで来た。パンジーはここから迷《まよ》いでたのだ。

アンダーズさんの家の近くに、ミス・アスターの姿が見えた。牧場でひとかたまりになっている牛たちからはなれ、一頭だけで立っている。パンジーを呼んで、鳴いている。パンジーも大声で答えている。それでもわたしは、まだパンジーのおしりをたたいてやらなければならなかった。無事におかあさんのところへたどりつくまで。

パンジーがやっとミス・アスターのもとへ走っていったとき、わたしはふと、窓ぎわに金色の巻き毛がぼんやり見えたのに気がついた。それから玄関が開くと、アビー・リンが腰《こし》に両手をあてて、ポーチに出てきた。

「うちの牛に、なにしてるのよ？」

いばって大きな態度《たいど》だ。

「パンジーをつれて帰ってきてあげたのよ。でも次は、吹きとばされるのを見てるだけにするわ」

そうして言いたした。「ハリケーンにね」

「ハリケーン？」

アビー・リンは、ドアのかげに身をかくして、あたりをながめた。それから目を細めた。

「あら、ちょっと来て」

わたしはポーチの階段をのぼった。

「どこで髪切ったの？」

「バトンルージュに行ってたときに、むこうで」

アビー・リンの舌《した》の先から、今にも侮辱《ぶじょく》のことばが飛びだそうとするのが見えるようだった。

「ちょっとオードリー・ヘップバーンみたいね」

ところが彼女はそう言った。

オードリー・ヘップバーンみたいになりたいと、ずっと夢みていたわたしに、よりによってアビー・リンが、似ていると言ってくれるとは。少なくとも、髪型が。

そこへとつぜん突風《とっぷう》が吹いてきて、ポーチのロッキングチェアがたおれた。アビー・リンは二度悲鳴《ひめい》をあげ、さよならも言わずにドアを閉めた。アビー・リンにこわいものがあったなんて、はじめて知った。

わたしは家へ急いだ。でもハリケーンのことより、どうしてわたしがオードリー・ヘップバーンに似ているとアビー・リンが思ったのか、そのことばかりが頭のなかでうずまいていた。それからはっとした——わたしにはもう、そんなことはどうでもよくなっていたのだ。わたしは、自分で自分におどろいていた。

訳注＊1　一八九九—一九八七　アメリカで一世《いっせい》を風靡《ふうび》したダンサー・俳優。「アステア」は、ダンスのうまい洗練された男性の代名詞にもなっていて、その名のついたダンス教室が今も全米各地にある。

19

家に着くころ、風のうなりは遠ぼえに変わり、木々のダンスはますます速くなって、空からは滝《たき》のように雨がふってきた。ポーチでは、マグノリアが網戸《あみど》のドアを開けたまま押さえて、ふんばっていた。風でおだんごに結《ゆ》った髪はくずれ、両目は見ひらかれて、気がどうかしたかのようだった。

「タイガー、あんたのかあさんは？」

「うちにいないの？」

マグノリアは首をふった。

「この風が吹きはじめたとたん、稲光《いなびかり》みたいに出ていったんだよ。『あたしの子が吹きとばされないように、むかえにいく』って。とちゅうで会わなかった？」

近道だ。それで行きちがったのだ。わたしはまわれ右をすると、森に向かってかけだした。うしろでマグノリアが大声でなにか言ったが、風にかき消されてもう聞こえなかった。

わたしは走った。かあさんの声が、頭のなかでこだましていた——「あたしの子が吹きとばされないように、むかえにいく」かあさんは、わたしをさがしに出たのだ。ミス・アスターが、パンジーをさがしていたように。トンプソンさんの奥さんが、ジェス・ウェイドを家に置いておきたがったように。かあさんは、わたしを守りたかったのだ。

森に着くまでに、強風でわたしは二度ころばされた。そのたびにわたしは必死で立ちあがり、つづいて木々のあいだをつき進んだ。立ちはだかるのは木ではなく、原っぱの背の高い草なんだと思って――走ろうとして幹にぶつかっては、からだのあちこちにけがをしたが、気にもとめなかった。

「かあさん」わたしは叫《さけ》んだ。「かあさん、タイガーよ！」

頭上で枝がバリバリと音をたて、わたしのすぐうしろに落下した。つかんでいたトンプソンさんの奥さんのスカーフが飛ばされ、わたしまで飛ばされそうになって、あわてて松の木にしがみついた。頭のなかではひとつの思いがずっとまわっていた。もしわたしがパンジーとミス・アスターにかまけていなければ、かあさんは今ごろ家で無事だったのに――。

わたしはざらざらした樹皮《じゅひ》に頬《ほお》を押しつけながら、暴風雨《ぼうふうう》に打たれて、ずぶぬれで立っていた。

そのとき、聞こえたのだ。

「タイガー」

百メートルほど左。木にしがみついているのは、かあさんの手だ。心臓《しんぞう》が飛びだしそうになった。

「かあさん！」わたしは絶叫《ぜっきょう》した。「かあさん、ここ！」

太い幹をつたって、かあさんが少しずつこちらに来ようとする。はだしで、びしょぬれの髪は風にはげしくかき乱されている。おばあちゃんのねまきが、青白いもう一枚の皮膚《ひふ》のように、ぬれてからだにまとわりついている。

それからわたしたちは、同時に木のもとをはなれ、たがいに向かってかけだした。たたきつけるような雨にも、猛《もう》れつな風にも、負けずに走りつづけた。そうしてぎゅっと抱きあった。松の木々と同じぐらいがっしりと、強く。

そしてわたしは、聞いた。あいかわらず遠ぼえのような音をたてている風に混じって、おばあちゃんの声がしたのを。

「おまえのかあさんの愛も、単純《シンプル》なんだよ。流れの速い、よどみない川と同じように、かあさんのなかから自然に流れでるの」

かあさんの腕《うで》に抱かれて、わたしは心から安心した。それはものごころついてから、はじめてのことだった。


折れた大きな枝が散らばるなか、かあさんとわたしは、しっかりと手をつないで家に帰ろうとした。だが森をほんの何歩か出ただけで、あっという間にふたりとも風になぎたおされた。お年よりたちが、なぜこの風を「悪魔《あくま》の風」と呼んでいるのかよくわかった。

ようやく立ちあがったが、そのとたん、またかあさんがたおれた。わたしがかあさんの手をつかんで引っぱり起こす。すると今度はわたしがたおれる。立つのはあきらめて、わたしたちはぬかるみのなかを、四《よ》つんばいで家をめざすことにした。

まわりじゅうのものが飛ぶような速さで動いているのに、わたしたちだけがスローモーションのようにじりじりとしか進めない。うちの鶏《とり》小屋の屋根が風にあおられて、はがれたブリキの破片《はへん》が、くるくる舞いながらこちらに飛んでくる。かあさんもわたしも両手で頭をおおって、身を寄せあった。まもなくそれが地面に激突《げきとつ》した音が聞こえて、ふり返ると、足もとすれすれのところに落ちていた。

わたしたちはまた前進しようと、はいはじめた。ジーンズをはいていてよかった、と思った。でもかあさんはどうだろう。ねまきはウエストのあたりまでまくれあがっている。むきだしのひざは痛いにちがいない。

家まであと二、三メートルになったとき、網戸のドアからマグノリアがかけだしてきて、わたしたちを立ちあがらせてくれた。そうして小柄《こがら》なからだから力をふりしぼり、わたしたちを引っぱっていってくれた。

「しっかり」マグノリアが叫んだ。「あともうちょっと!」

無事にたどり着き、家のなかに入ると、そこらじゅうにひよこがいた。

「おお主《しゅ》よ!」とマグノリア。「さっきまで箱のなかだったのに。あのネコがひっくり返したんだね」

わたしは、台所に走っていく一羽のひよこを追いかけた。

「どうしてみんなここにいるの？」

「風で鶏小屋につづく門がやられたんで、私とミズ・コリーナで中に入れたんだよ」

わたしたちは走りまわって、あちこちでひよこをつかまえた――わたしのベッドの下で、おばあちゃんのスリッパのなかから、かあさんのまくらのとなりでも。

ところで、どうしてブランドがいないんだろう？　いや、いた。ソファの下で、片目をうるませて、わたしを見つめかえした。

「ブランド、おまえ完全に名前負けだね」

一時間後、ひよこたちが箱にもどり、わたしたちも身ぎれいにすると、かあさんとわたしはリビングの床にすわって、トランプで〈ゴーフィッシュ〉をした。ひとつの数ごとに、四つのマークをぜんぶ集めてひとまとめにし、そのひとまとめがたくさんできたほうが勝ちというゲームだ。かあさんは、清潔《せいけつ》な布でひざに包帯《ほうたい》をしてもらい、ゆったりしたルームウェアに着がえている。マグノリアはおばあちゃんのいすで、聖書を読んでいる。と、次の瞬間《しゅんかん》、マグノリアが目をみはった。すさまじい突風が家に吹きつけ、壁《かべ》という壁がガタガタ鳴ったのだ。わたしはこわくてからだが震えた。

ふたたびトランプができるようになると、わたしはハートの7をダイヤの7とペアにしながら、トンプソン農園にいるとうさんのことを思った。家のなかで、安全にしていてくれるといいけれど。とうさんは、自分が〈ルイジアナレディ〉を守らなくてはならないと、かたく心に決めているようだった。トンプソンさんと約束《やくそく》したからだ。

マグノリアがため息をついた。

「なんともおそろしい風だね。もし私が聖書を信じてなかったら、きっと——」

かあさんが窓まで走っていき、カーテンを開けて窓ガラスに顔をつけた。

「桃《もも》の木が風に引っこぬかれて、トンプソンさんちのほうに飛んでいく」

マグノリアがかあさんに、はじめてきびしい声を出した。

「窓からはなれなさい、コリーナ」

かあさんはしたがったが、五分後にはまたもどって、最新状況《じょうきょう》を教えてくれた。

「ひゃあぁ！　今度はセンダンの木が飛んでいく」

「もどりなさい！」

マグノリアが足をふみ鳴らして怒《おこ》った。

かあさんは床のまくらにすわったが、カーテンは少し開いたままだったので、小さい木々がまっぷたつに折れて地面に落ちていくのが、わたしにも見えた。

しばらくして雨が小降《こぶ》りになったとき、かあさんは、また窓のほうに首をのばした。ふとトランプが手から落ちた。

「ママ」

かあさんはそうつぶやくと、そのままものすごい勢いで玄関から出ていった。わたしが立ちあがる前に、もうポーチの羽板《はねいた》を歩く足音がしていた。

マグノリアが聖書を落とした。

「いったいぜんたい！」

わたしはかあさんを追いかけてドアから走りでたが、マグノリアにぎゅっと腕をつかまれた。腕に彼女のつめが食いこんだ。そのまま動くこともできず、わたしはポーチで、かあさんが、物干しロープから飛ばされたおばあちゃんの日よけ帽をつかもうとするのを、ただ見つめていた。かあさんのルームウエアが、風でふくらんでパラシュートのようになり、二本の手が、宙を舞《ま》う日よけ帽を必死で追いかける。はだしのかあさんの足もとでは、松葉やオークの葉がうずを巻いている。

「帽子、ロープからはずしておくんだった」わたしは叫んだ。「そこに残しておくべきじゃなかった」

急にひときわ強い風が吹いて、かあさんがたおれた。でもかあさんは跳《と》びおき、手のすぐ先を舞っている帽子をなんとか取ろうとする。

とつぜん、風がやんだ。まるでだれかがパチンとスイッチを切ったみたいに。あたりは不意に静まりかえり、帽子はゆらゆらただよいながら、かあさんがのばした腕のなかにおさまった。かあさんはそれを胸に抱きしめた。それからにっこり笑ってふり向いた。

このときわたしは、はっきりとわかった――かあさんは、おばあちゃんの姿を見たんだ。わたしが森で、おばあちゃんの声を聞いたのと同じように。

「ふう、まったく」

マグノリアが言って、ようやく手をほどいてくれた。

とうさんのトラックが帰ってきた。飛びおりたとうさんは、かあさんのところへまっすぐに走ってきた。心配で顔にはしわが寄っていたが、かあさんのほうはマーロン・ブランドをむかえるみたいに、とうさんのくちびるにキスをした。わたしも走っていって、ふたりのなかに加わった。

「中に入ったほうがいい」とうさんが言った。「風がまたもどってくるかもしれないから」

三人いっしょに、わたしたちは玄関へ歩いていった。まんなかのとうさんが、両腕でかあさんとわたしの肩を抱き、かあさんは胸におばあちゃんの日よけ帽を抱いていた。

わたしは、胸のなかに広がっていく大きなあたたかいものに、圧倒《あっとう》されていた。それは悪魔の風でさえ吹き飛ばせないほど、強く確かなものだった。あたりには、なぎたおされた木や折れた枝がいたるところに落ちていたが、わたしの頭も、心も、すがすがしく澄《す》みわたっていた。

ただいま。ここが、わたしの家だ。わたしがいちばんいたい場所だ。

20

夏の太陽が顔を出し、ハリケーン・オードリー[*1]がもたらした雨の痕跡《こんせき》を、明るい光で吸いあげていった。だがそれでも、ハリケーンのつめあとは残ったままだった。電柱がそこここで折れ、根こぎにされた木々が、どの家の庭にもたおれていた。ミズ・ユーラの家の玄関ポーチは完全に吹き飛ばされたが、おかげで彼女の舌《した》は、しばらくまた活発に動いた。

教会を中心とするわたしたちの教会区《パリッシュ》では、亡《な》くなった人がひとり出た。でもキャメロン教会区では、何百人もが亡くなっていた。セイターは数週間、電気がとだえ、あとかたづけも大変だったが、キャメロンの人たちの苦しみに比べたら、そんなのは取るにたりないことだっただろう。洪水《こうずい》が起き、濁流《だくりゅう》があっという間に押しよせて、ある男性など会社の建物の屋根にのぼって助かったものの、そこから自分の家族が流されていくのを見たという。

わたしたちの教会は、新しいピアノ基金《ききん》を、キャメロンの教会に寄付することにした。シスター・マーガレットさえこう言った。

「それがキリスト教徒のつとめです」

やがてセイターにも、秋がおとずれた。待ちに待っていた春のような秋で、トンプソンさんが開く〈ルイジアナレディ〉のパーティーのことを、みんなが話していた。カメリアのつぼみが花ひらくのを、町じゅうが楽しみにしていた。

この盛大《せいだい》な会に出席するため、ドリー・ケイおばさんもやってきた。おばさんに会うのは、夏が終わってバトンルージュに帰るマグノリアを、むかえにきて以来だ。わたしはそのとき、セイターにずっといたいとおばさんに告《つ》げたのだった。おばさんはひどくショックを受けた。

それは、いよいよおばさんがマグノリアと帰る前の日、セイター川《クリーク》のほとりをいっしょに散歩していたときだ。わたしが気持ちを打ちあけると、おばさんはまゆをしかめた。

「だけどそうしたら、あなたはおかあさんのめんどうを見て、家事もしなくちゃならなくなるのよ」

「わかってる」わたしは答えた。

おばさんは眉間《みけん》に小さなしわを寄せ、いっそう背を高く見せようとするかのように、すっと背すじをのばした。そうしてきつい調子で言った。

「かんたんなことじゃないわよ」

「でもわたし、一歩ずつなら進んでいけると思う」

おばさんは頭をふると、手でわたしのあごを持って、じっとわたしの顔を見つめた。やがてその目が、みるみるうるんできた。

「タイガー」おばさんは言った。「ずいぶんおねえさんになっちゃったのね。私はご縁《えん》がなかったかな」

トンプソンさんのパーティーに、ドリー・ケイおばさんは、カートという新しいボーイフレンドをつれてきた。ふたりはバトンルージュから、彼のぴかぴかの青いフォード・サンダーバードでやってきたのだ。カートはたしかにいい人だったけれど、厚くつき出たくちびるといい、金髪の巻き毛といい、どこもプレスリーには似ていなかった。

パーティーには、アレクサンドリア新聞の記者も来ていた。〈ルイジアナレディ〉の記事を書くためだったが、トンプソンさんが、ハリケーンにおそわれる前にカメリアを救ったとうさんの話を披露《ひろう》すると、興味はとうさんのほうに移った。

記者は帽子をかたむかせ、ペン先であごをかいた。

「じゃああなたは、ハリケーン・オードリーが来るのがわかってたんですか?」

「えーと」とうさんは言った。「来るのがハリケーンだって、わかってたわけじゃないです。ただ、なにか来るってのはわかってて——だって鳥たちが、夜《よ》どおしうちの木という木にいたんだから。鳥たちには、だれより早くわかります。うちの木にいたのは、ぼくが思うに、そこでどっちに行こうか決めようとしてたんだな。人間も、どっかへ行きたいなあと思っても、どこがいいのか最初はわかんないでしょう？

　とにかく、ぼくはミズ・トンプソンに、手おくれにならないうちに〈ルイジアナレディ〉を避難《ひなん》させたほうがいいって言いました。これまでトンプソンさんが、いっしょうけんめいやってきた仕事だからです。トンプソンさんはこの花を、ここでずっと八年も、丹精《たんせい》して育ててあげてきたんです。はじめにトンプソンさんがひらめいて、それから――」

　記者がさえぎった。

「鳥たちの話をもうちょっと。それであなたは、前もって天候《てんこう》がわかるわけですか？」

「えーと、こういうのをほんとうに、前もってわかるって言っていいんだかどうか。ぼくはただ、とうさんが教えてくれたとおりにやってるだけです。とうさんはいつも言ってました。『ようく耳をすませば、大地がおまえに語りかけてくれる』」

　カメラマンが、カメリアにつづいてとうさんの写真を撮《と》りはじめると、とうさんは言った。

「ああ、トンプソンさんぬきじゃ、だめです。なんてったって、〈ルイジアナレディ〉を発明した人なんだから」

　記者がトンプソンさんを手まねきした。するととうさんは、咳《せき》ばらいをしてまた言った。

「これじゃあ、あの日、だれの助けも借りなかったみたいだ。ミズ・トンプソンと、うちの娘のタイガー、それにジェス・ウェイドがいなかったら、とてもむりでした。あともちろん、苗木畑ではたらいてるみんなも」

というわけで、言われた全員が、まるでこれからパレードでもするみたいに集まってきた。カメラのフラッシュが光った。そのあとずっと、わたしは目の前に、青い玉がちらちらしてしかたなかった。

新聞記者とカメラマンが帰ると、わたしたちはトンプソンさんの家の庭にキルトを広げて、ごちそうを食べた。かあさんは、自分でぬった黄色いワンピースを着ていて、ヒマワリの花のようにすてきだった。かあさんとドリー・ケイおばさんは、はだしになってならんですわり、広口のジャーから、かあさんが入れたおそろしく甘いレモネードを飲んでいた。

ふたりの写真を撮ろうと、カートが前に来てしゃがんだ。彼が「はいチーズ」という直前、かあさんがドリー・ケイおばさんの肩に、あたりまえのように腕をまわした。その自然なしぐさに、わたしは思わずのどの奥がぎゅっと痛くなった。それをやわらげてくれたのは、走ってきたジェス・ウェイドの声だった。

「ねえ、野球しよう」

なんだか、また昔みたいだった。いや、昔よりよかった。

きょうはドリーもアネットもジャッキーも、グランドに走っていった。アビー・リンだけが、おかあさんの横をはなれなかった。

最近になってわたしは、アビー・リンのこわいものはハリケーンだけじゃなかったんだと知った。学校がはじまって、体育の時間に野球をすることになったとき、アビー・リンは、マスターズ先生から怒《おこ》られるまで、着がえようとしなかった。そうして打席に入ってからは、あまりにへたなスイングに、みんなが笑った。アビー・リンがどうしてこれまで野球をしようとしなかったのか、わたしにはやっとわかった。もの笑いのたねになるのが、こわかったのだ。

わたしはグランドへ行くとちゅう、なにげなくアビー・リンのところに行って、声をかけた。

「いっしょに野球しない?」

アビー・リンは、まつげをぱちぱちさせた。

「いいの。ここにいるほうがいいから」

するとアビー・リンのおかあさんが、ひじで彼女をつついた。

「あら、行ってらっしゃいよ。からだを動かすのはいいことだわ」

アビー・リンはわたしをにらんだが、立ちあがるとスカートをはらって、グランドまでついてきた。ふり返ると、顔がいつもとちがっていた。「消えてなくなりたい」という表情だった。

それからわたしの心になにが起こったのか、わたしにもわからない。カメリアを守ったとうさんへの誇《ほこ》りでいっぱいだったからか、ドリー・ケイおばさんの肩にまわされたかあさんの腕が、胸に焼きついていたからなのか、それともただ、背中にあびている太陽の光があまりに気持ちよかったからなのか。とにかくわたしは、アビー・リン・アンダーズに、思いやりのようなものを抱《いだ》いたのだ。

「アビー・リン」わたしはささやいた。「わたし、キャッチャーだから、打席に立ったらわたしの言うことを聞いて」

アビー・リンは、わたしに向かって思いきり顔をしかめた。わたしは肩をすくめて、「あ、そう」と思った。

ところが名前を呼ばれ、バットを持って打席に立つと、彼女は肩ごしにわたしを見つめた。ピッチャーのボビー・ディーンが、ふりかぶって決め球《だま》の速球をはなった。わたしはボールの回転を見さだめ、ちょうどのタイミングを待って、言った。

「今よ！」

アビー・リンがバットをふり、ボールが当たった。ボールは一メートルぐらい先に、ぼてっと落ちた。と同時に、一塁《るい》を守っていたジェス・ウェイドが「え？」という顔でわたしを見た。だがボールに飛びつかなかった。なにしろアビー・リンは、その場につっ立っている。彼女は彼女で、わずかしか飛ばなかったボールなんて、まるでだめだと思ったのだろう。

わたしは立ちあがって、大声を出した。

「走れ、アビー・リン！　一塁に！」

するとアビー・リンは、わたしの言うことを聞くという彼女の人生で二度目のことを成しとげ、一塁に向かって走ったのだ。

わたしは両手をメガホンにして、歓声《かんせい》をあげた。

「やったぁ！」

ジェス・ウェイドが、グローブをたたきつけた。

「そっちは敵だろ！」

「そうだよ！」ボビー・ディーンがマウンドから叫んだ。「おまえ、おれたちのチームだろ」

わたしはにっこり答えた。

「どっちだったか、わかんなくなっちゃった」

そうして両方のこめかみに指を当てて引っぱり、つり目を作ってみせた。

「ポニーテールを、きつく結びすぎちゃったのかもね」

ボビー・ディーンはまだ怒《おこ》っていたが、ジェス・ウェイドの顔には、ぱっとえくぼが現れた。そんなふうに笑いかけられて、わたしは急に頬《ほお》が熱くなった。そして思い出した。ジェス・ウェイド・トンプソンは、わたしのファーストキスの相手だったと。わたしは、なにか特別な気持ちにつつまれていく自分を感じていた。

むこうのほうには、トンプソン農園が見える。菜園ではムラサキインゲンのつるが、茶色くなってしおれている。わたしは目を細めて景色をぼんやりさせ、かわりに緑の菜園を見ようとした。そこに日よけ帽が三つ動いてはいないかと、けんめいに見つめた。でも、見えなかった。あの日はもう、過ぎてしまったのだ。ハリケーン・オードリーがセイターに吹き荒れ、そして過ぎていったように。おばあちゃんが死んで、マグノリアが来て、そして帰っていったように。

わたしは空を見つめた。ルイジアナの青い空に向かって、高い松の木々がすっくとのびている。

ふとわたしは、人生というのもこういうものなのかもしれない、と思った。あるときはセイター川《クリーク》のように、静かにおだやかに、人を子どものままでいさせてくれる。でもまたあるときは、ハリケーン・オードリーのように、人をわしづかみにして松の木立《こだ》ちの上までほうりあげ、少しだけ早くおとなにしてしまう。少しだけ早く——そう、それは、満月の日に切った髪がのびていくのとも、よく似ている気がする。

訳注＊1　ハリケーン・オードリーは、一九五七年に、テキサス州東部からルイジアナ州西部にかけて、大きな被害を与えたハリケーンの実名。

訳者あとがき

――まれに見るあざやかなデビュー。キンバリー・ウィリス・ホルトは、すばらしい〈心の成長物語〉を書いた。読者は主人公タイガーの勇気と、誠実さと、両親への愛に、胸を打たれ、喝采《かっさい》を送ることだろう。

アメリカの主要な書評誌「パブリッシャーズ・ウィークリー」にこうたたえられた本書（原題 *My Louisiana Sky*）は、『ザッカリー・ビーヴァーが町に来た日』（白水社刊）でヤングアダルト部門の全米図書賞を受賞した作家、キンバリー・ウィリス・ホルトのデビュー作だ。そしてこのデビュー作は、権威《けんい》ある児童文学賞、ボストングローブ＝ホーンブック賞のオナー賞や、ＡＬＡ（アメリカ図書館協会）のヤングアダルト・ベストブックスに選ばれたほか、全米各地でなんと二十七もの賞に輝いた。

物語の舞台は、一九五七年の夏。アメリカ南部ルイジアナ州の片いなかで、十二歳のタイガー・アン・パーカーは、はたらきもののおばあちゃんと、知的に〈ゆっくり《スロー》〉だけれど確かな愛を心に持った両親と、質素に暮らしている。勉強がとてもよくできて、野球は男の子たちよりうまい。でもそんなことより、クラスでいちばんかわいい女の子、アビー・リンのように、おしゃれに女らしく、きれいになってみたいとひそかに夢みている。あこがれの女性は、州都バトンルージュで秘書の仕事をしていて、一家に都会の香りを運んでくるドリー・ケイおばさん。でもおばあちゃんは、なぜかおばさんにつめたくあたることが多くて――。

「十二歳であるというのがどういうことか、どんな気持ちですごしていたか、私は今でもはっきりおぼえています。それは、自分の人生を永遠に変えてしまうかもしれない決断を、せまられることもあるころです。私にとっては、なかなか大変でつらい時期でした」

著者は、ランダムハウス社でのインタビューでこのように語っているが、そのことばのとおり、思春期の入り口に立った多感な女の子の心の揺らぎと成長を、あたたかく繊細《せんさい》なまなざしで、力づよくえがきだしている。

はなやかな都会や、どこか別の場所、別の自分へのあこがれ。両親を否定したい気持ち。それとは裏はらの心ぼそさ。ぎこちなくすれちがう友だちとの関係――だれもが経験するような息ぐるしさとせつなさは、時代も国も、年齢も越えて、心に響いてくる。そうして家族とは何なのか、生きるとはどういうことか、自分自身で答えをつかんでいくタイガーには、むしろおとなの読者こそ、いっそう胸を揺さぶられるかもしれない。

また、この時代を黒人として生きなければならなかったマグノリアが、社会では差別を受けながらも主人公一家の逆境《ぎやつきよう》を支え、タイガーが一歩おとなに近づく触媒《しよくばい》のような役をはたすことや、知的障害者を家族に持ったおばあちゃんとドリー・ケイおばさんの、微妙な葛藤《かつとう》とそれぞれの心の軌跡《きせき》など、周囲の人物たちにも陰影《いんえい》がある。なにより、かげで〈ばか〉とさげすまれても、熱心に仕事に取りくみつづけ、責任をまっとうするとうさん、そして単純《シンプル》なぶん強い愛を家族にそそぐかあさんの姿に、胸が熱くなる。

圧巻は、最後のハリケーンの場面だろう。雨と風にたたきつけられ、何度ころんでも起きあがり、けがをしてもものともせずに求めあう一途《いちず》な姿には、涙がにじんでくる。

情報があふれ、人間関係はうすく、でも複雑になってしまった今の時代に、本書からは家族の絆《きずな》や友情、そして人としてのありかたといったことがまっすぐに伝わってきて、心が洗われるような思いにつつまれる。

ところで一九五七年という年は、実際にはどんな年だったのだろう。日本でいうなら、昭和三十二年だ。一昨年公開されて人気を呼んだ映画「オールウェイズ　三丁目の夕日」が昭和三十三年の話とのことなので、だいたい同じようなころと思えばいいかもしれない。首相は岸信介、海をこえて〈ロカビリー・ブーム〉が起こり、東京タワーの建設がはじまって、テレビ受信契約《けいやく》数が五十万軒をこえたことがニュースになっていた。

一方アメリカは、アイゼンハワーが大統領で、エルヴィス・プレスリーのロックンロールが流れ、オードリー・ヘップバーンが銀幕からほほえんで、女の子たちには大きく広がるフレアスカートが流行した。アメリカも日本も、今と比べれば時間の流れかたがゆるやかで、人と人との結びつきはそのぶん強く、深かったにちがいない。

ルイジアナについても、少し説明しておこう。そもそも南部のこの一帯は、スペインに発見され、その後フランス領だった時代が長く、アメリカのなかのヨーロッパと呼ばれているそうだ。ルイジアナという名前も、フランスのルイ十四世にちなんでいるとのこと。その後一八一二年に合衆国の一員となってからも、フランス系の人たちの〈ケイジャン文化〉が受けつがれ、独特の道をあゆんできたという。たとえば、アメリカでは州の次は郡《カウンティ》に分かれるが、ルイジアナだけは教会区《パリッシュ》に分かれていて、本書でもハリケーンのあとの説明にちらりと出てくる。

またグルメの国フランスのおかげか、アメリカ郷土料理のなかでも、南部料理はおいしいことで有名だ。物語のなかにも、ガンボやナマズのフライ、チキン・アンド・ダンプリングズなどが登場するが、じつは、おばあさんの作ってくれたチキン・アンド・ダンプリングズこそ、著者のいちばんの好物だったのだそうだ。

もっとも、この土地には影の部分もある。人種分離《ぶんり》政策のなごりがあることだ。アメリカでは一八六〇年の南北戦争で、黒人奴隷《どれい》は解放されたことになっていたが、戦前に奴隷を合法《ごうほう》としていた南部では、戦後も実質的に差別がおこなわれつづけていた。映画館やバスの座席が別だったことや、住居も制限されていたことに、タイガーもとまどいやさびしさを感じている。だが歴史的には、このすぐあとぐらいから、キング牧師らを指導者とする公民権運動がさかんになっていく。ちなみに、タイガー一家をたすけてくれる黒人の家政婦の名前、マグノリアは、ルイジアナの〈州の花〉の名前でもある。モクレンのことだ。

「十二歳のころ、私は自分をアウトサイダーだと感じていた。今でも私には、アウトサイダーについて書きたいという思いがいつもあります」

インタビューで、著者はそんなふうにも語っていた。

ただ、知的に〈ゆっくり《スロー》〉な両親という設定は、机の上で考えだしたことではなく、子どものころの思い出がもとになっているそうだ。著者は九歳のころ、道で〈ちょっとちがう感じのする女の人〉とすれちがった。その人は、両手に食料品の入った袋をたくさんかかえていて、なんだか異様《いよう》な感じがし、こわかったという。だがいっしょにいたおかあさんから「知的障害がある人よ。だんなさんにも知的障害があるの。でも子どもは何人もいる」と説明され、以来それが忘れられなくなった。

そうして何十年もが過ぎたある日、バスタブにつかってくつろいでいるときに、キンバリーにはとつぜん、タイガーの〈声〉が、天から降ってきたように聞こえたのだという。それがそのまま本書の冒頭の文章となり、作家キンバリー・ウィリス・ホルトが誕生《たんじょう》したというわけだ。

彼女の家は、ルイジアナ州フォレストヒルに、七代にわたってつづいてきたという。キンバリー自身は、海軍勤務だった父の転勤のため、フロリダで生まれ、その後もグアムやパリ、アメリカ各地に住んだそうだが、それだけに、いっそうふるさとというものをたいせつに思うようになったのだろう。〈家〉と呼べる場所はルイジアナだと、折にふれ語っている。高くのびた松の木立ち、見る者の心をうつすかのような広い空、よく降る雨とそのあとのまぶしい太陽など、みずみずしい自然描写に、そんな彼女の思いがこめられているのを感じる。

なお、本書はテレビ映画化もされ、それがまた、すぐれたテレビ番組に贈られるデイタイム・エミー賞で、制作、監督（アダム・アーキン）、演技（タイガー役のケルシー・キール）の三部門で受賞したほか、児童のための図書館サービス協会によるアンドルー・カーネギー・メダルなど、いくつもの賞を受けた。

現在、著者はテキサス州アマリロに、夫と娘と住んでおり、ちょうど今月、また元気な女の子を主人公にした新刊がアメリカで発売されるようだ。また彼女のはじめての絵本 *Waiting for Gregory* は、画家による絵もすばらしく、拙訳にて小峰書店より近刊の予定となっている。

最後になったが、翻訳にあたっては、白水社編集部の芝山博さんはじめ多くの方がたにお世話になった。とくに同編集部の鈴木美登里さんが、訳者とともにこの物語の世界に入りこみ、登場人物だけでなく牛一頭にいたるまでいきいきと見まもってくださったのは、ほんとうにうれしくありがたいことだった。心から感謝申し上げたい。

二〇〇七年八月

河野万里子

装丁　細野綾子
カバー装画　田上千晶

訳者略歴
河野万里子（こうの・まりこ）
一九五九年生まれ
上智大学外国語学部フランス語学科卒業
国際翻訳賞新人賞受賞（一九九三年）
主要訳書
F・サガン『愛は束縛』、D・ウィリアムズ『自閉症だったわたしへ』、サン＝テグジュペリ『星の王子さま』（以上、新潮社）、J＝D・ボービー『潜水服は蝶の夢を見る』、C・グルニエ『水曜日のうそ』（以上、講談社）、L・セプルベダ『カモメに飛ぶことを教えた猫』、S・モルゲンステルン『秘密の手紙0から10』、K・W・ホルト『ザッカリー・ビーヴァーが町に来た日』、エーヴ・キュリー『キュリー夫人伝』（以上、白水社）
その他、絵本の翻訳多数

ルイジアナの青い空

二〇〇七年 九 月二〇日 第一刷発行
二〇〇八年 三 月一〇日 第二刷発行

訳 者 © 河 野 万 里 子
発行者 川 村 雅 之
印刷所 株式会社 理 想 社
発行所 株式会社 白 水 社

東京都千代田区神田小川町三の二四
電話 営業部〇三（三二九一）七八一一
編集部〇三（三二九一）七八二一
振替 〇〇一九〇-五-三三二二八
郵便番号 一〇一-〇〇五二
http://www.hakusuisha.co.jp
乱丁・落丁本は、送料小社負担にてお取り替えいたします。

加瀬製本

ISBN978-4-560-02768-4

Printed in Japan

ファイヤーガール

新学期、ひとりの転校生がやってきた。クラスのみんなが息をのむ。その子は、これまでだれも見たことがないような姿をしていた！　いじめや友情、そしてほんとうの勇気とはなにか？

トニー・アボット
代田亜香子 訳

オリーブの海

オリーブという女の子が交通事故で死んだ。大人しくて目立たない子だった。同級生のマーサが彼女について知っているのはそれだけ。だが、オリーブが書き残したものを読んだとき……。

ケヴィン・ヘンクス
代田亜香子 訳

カモ少年と謎のペンフレンド

英語嫌いのカモは、謎のイギリス人少女と文通を始め、やがて誰とも口をきかなくなる。ぼくは真相究明にのりだし、驚くべき事実を発見する……。

ダニエル・ペナック
中井珠子 訳

【白水Uブックス】